DESERAMA

Preparação:
Alexandre Boide

Revisão:
Guilherme Mazzafera

Diagramação:
Lilian Mitsunaga

Capa:
Marcello Quintanilha sobre imagem do Jornal Última Hora/
Arquivo Público do Estado de São Paulo

Dados Internacionais de Catalogação na Publicação (CIP)
(Câmara Brasileira do Livro, SP, Brasil)

Q78 Quintanilha, Marcello
Deserama/ Marcello Quintanilha – São Paulo: Veneta, 2020.

264 p.
ISBN 978-65-86691-16-0

1. Literatura Brasileira. 2. Romance. 3. História de Amor. 4. Paixão. 5. Desejo. 6. Homofobia. 7. Homossexualidade. 8. Família. 9. Subúrbio. 10. Rock Alternativo. 11. Músicas dos Anos 90. 12. Niterói. 13. Cidade do Rio de Janeiro. 14. Estado do Rio de Janeiro. I. Título.

CDU 821.134.3(81)   CDD B869.3

Rua Araújo, 124, 1º andar, São Paulo
www.veneta.com.br
contato@veneta.com.br

DESERAMA

marcello quintanilha

1. HALOGÊNEO

I

O sol. Mas não era o sol, era o recrudescimento da disputa que conferia a Jonathan aquela sensação úmida de calor. Fosse o sol, não sentiria mais que o abrasamento puro e simples das partes do corpo que tivessem ficado expostas.

Mas nada ficou exposto. E nem se pode chamar propriamente de disputa o ato de posicionar um livro aberto na fotocopiadora, pressionar o botão verde, evitar a luz halogênica emitida no processo, virar a página e tornar a repetir a operação até completar a duplicação de todas as folhas com post-its.

— Frente e verso? — perguntou Elisângela, no caixa, referindo-se aos documentos restituídos a um senhor.

Entre 9h e 10h30 da manhã, o movimento costumava ser mais intenso, por isso Jonathan pedira a Robson que aparecesse por volta das 10h45, quando o público diminuía ligeiramente, facilitando uma saída fora do turno de almoço.

Mas sabia que Robson não apareceria. Não no horário marcado. Não aparecia nunca no horário marcado.

Quanto a Fava, não contava com sua colaboração na empreitada da foto. Era mais difícil arrancar favores da irmã mais nova.

Um cliente sacou uma revista *Select* da pasta de polionda:

— Faz xerox colorida?

— Colorida! — frisou Elisângela para Cebola, que devolveu no código utilizado por todos os funcionários: "valeu, copiado"; não simplesmente "valeu" ou, em módulo mais assertivo, "copiado", mas por extenso, "valeu, copiado".

Cebola dispôs a revista na placa de vidro. Jonathan conhecia bem aquela edição, realçando Ângelo, quer dizer, Brett Anderson e Neil Codling na capa.

❖

Robson chegou às 11h29. Jonathan avisou a Zaquieu, outro funcionário:

— Vou dar o *break*, *slave*.

Encaminhou-se para a sala reservada do estabelecimento, onde Galvão, o gerente, teclava num computador portátil.

— Fala, Galvão... — disse, sem ouvir resposta.

Depositou a folgada blusa azul-marinho com o logotipo Jet Mill's sobre uma pilha de papéis e vestiu a camisa grená de mangas curtas, ajustada ao corpo, que trouxera na mochila, metendo-a por dentro da calça de veludo.

De volta ao atendimento, foi ao supervisor:

— Fabrício, olha só, meu irmão deu uma atrasada... Assim, aquela parada, eu vou precisar agora, tá?

Fabrício eriçou o canto da boca:

— Ficar desfalcado aí, a partir da uma... complicado!

— Valeu, copiado, antes da uma eu tô de volta.

❖

Na rua Rodrigo Silva, Robson justificou o atraso: tivera de passar primeiro numa casa de câmbio a pedido da mãe.

— Você falou que vinha pro Rio?! — replicou Jonathan.

— Eu disse que vinha ver um emprego...

— Ela não desconfiou de nada?

— Não, não...

— E Fava?

— Topou.

Jonathan fez uma pausa antes de acrescentar:

— Por que vocês não vieram juntos?

— Sei lá.

— Onde ela marcou?

— Ali na frente.

Cruzaram a Rua da Assembleia. Só então Jonathan notou que levava posto o crachá da firma, que tornara a espetar no peito por distração, e o sacou rapidamente. Robson, por sua vez, não se esmerara nem um pouco para a missão, trajando a mesma velha calça jeans de sempre e a jaqueta de brim preta, já cinza de tão desbotada.

— Mamãe mandou trocar quanto?

— Sei lá — retorquiu Robson, tenteando o Marlboro no bolso do agasalho.

— Cê não contou?

— Contei, contei... — fez ele, displicentemente, metendo um cigarro na boca.

— E quanto era?

Robson protegeu a chama do isqueiro com a mão, embora não ventasse:

— Dois mil.

Jonathan sabia que não era exatamente verdade, a memória do irmão funcionava segundo a conveniência.

— Dólares?

— Reais.

— Isso não dá quase nada!

— Dólar sempre sobe, mais hoje, mais amanhã...

— Quer ver que Fava não vem...?

Praticamente no mesmo instante, avistaram a irmã em frente à sapataria Di Santinni, à espera dos dois para esganiçar a voz:

— Onde é que cês tavam? Cês demoraram pra caramba!

— Por que cê não foi pro bureau? — disse Jonathan.

— Eu tinha falado em frente à Di Santinni, não é, Robson? Pergunta só a Robson...!

A resposta do rapaz consistiu em reinalar a fumaça expelida pela boca.

Dirigiram-se à Rua da Quitanda. O tom fechado das roupas de Jonathan lhe avultava a palidez da pele, e a largura natural dos ombros era sublinhada pelo balanço que dava ao corpo esguio.

Robson, sempre meio curvado, levando a boca até o cigarro, e não o contrário, tinha cabelos castanho-claros, batidos nas laterais e mais compridos na parte traseira; os óculos, de finos aros ovalados, atenuavam o frenesi do olhar sempre irrequieto, rescaldo da surra de borracha.

Já Flávia, a quem Jonathan se habituara a chamar "Fava", por indução dos pais através do dialeto dos adultos empregado com bebês, tinha cabelos negros, cacheados e longos, quase até o cóccix, e falhava em não pisar em falso nas pedras do calçamento:

— Ai, Than, não dá pra andar mais devagar, não?!

— Eu tenho que voltar pro trabalho daqui a pouco...! — retorquiu Jonathan.

— Tô tropeçando...!

— Só sabe andar de salto dentro de casa?

— E daí?! Qual o problema? Eu venho do jeito que eu quiser, garoto! Tô fazendo muito de vir, na maior boa vontade...!

Jonathan nada retrucou.

— Hein, Than?! — insistiu ela; não tinha real intenção de envolver-se no conchavo, mas um senso qualquer a impedia de deixar que somente os irmãos mais velhos protagonizassem a foto. — Fala sério! Presentinho chulé, hein? Brincadeira...!

❖

Jonathan só concebera presentear a mãe com a fotografia quando teve certeza de que a concretização daquilo que vinha arquitetando havia coisa de um ano estava garantida. Caso contrário, seria obrigado a divulgar tudo muito antes do aconselhável, e ele aprendera da pior maneira que uma engrenagem só dá os devidos frutos quando seu rendimento se esgota por si só, completando espontaneamente seu ciclo de funcionamento.

É que fora contratado por um escritório de design em Paris... Só que tinha bem claro que, uma vez na Europa, dificilmente retornaria ao Brasil.

A base aérea de Santa Cruz, na Zona Oeste do Rio, foi o mais longe onde estivera até aquela data, para alistar-se na Aeronáutica, escapando do serviço militar devido ao excesso de contingente.

Tinha dezesseis anos na época. Não, era mais velho! Tinha os mesmos dezoito anos que Flávia tem hoje! Sim, sim, é isso...

Por que associava ao passado uma redução anacrônica da própria idade? Talvez pela pecha que lhe puseram de que ele era pouco amadurecido como homem, tão logo o viram enxugar as lágrimas depois das surras que Boca-de-Peixe e Marzagão lhe propinavam no Colégio Brazil.

Já então se cristalizara nele a noção de que só deveria afirmar determinadas coisas se pudesse demonstrá-las por A mais B, desde o "Mãe, minha cabeça tá mole aqui em cima"...

II

Robson não teve alternativa a não ser apagar o cigarro após uma única tragada e seguir os irmãos pelas escadas do antigo prédio de três andares na Rua da Quitanda, em cuja sobreloja funcionava o estúdio fotográfico.

— Boa tarde — disse Jonathan, empurrando a porta de vidro.

A secretária não suspendeu a palestra ao telefone:

— Um-hum... Passaporte também... É padrão... Um--hum, pode, sim... Amanhã tá bom pra senhora...? — Anotou alguma coisa e pôs o fone no gancho: — Pois não?

— É Jonathan...

— Marcou hora?

— Ã-hã.

— Por aqui, por favor — fez ela, indicando o ateliê onde o fotógrafo, em tudo semelhante a um hindu, entre vinte e cinco e trinta anos, atarraxava uma borboleta no tripé da câmera.

— Bom dia, pode deixar as coisas aqui, ó... — disse ele, puxando uma cadeira de metal e assento de napa, onde Flávia, tentando sem sucesso inflar uma bola com o chiclete que pusera na boca sem oferecer a ninguém, depôs a bolsinha a tiracolo, e Robson, a jaqueta de brim, escancarando a propaganda na camisa que trazia por baixo: *Fapinto 25211 PFL — O vereador da gente.*

— É Trident? Fazer bola com Trident é brabo — observou o fotógrafo.

A jovem não esboçou nenhuma reação. Jonathan subiu no estrado de madeira do cenário:

— A gente fica aqui...? Como é seu nome mesmo?

— Arif.

Jonathan quis saber de que país provinha o nome.

— Haha... Nada a ver; minha família é de Catanduvas... Apesar de eu ter essa cara... Minha mãe curtiu esse nome, só isso... — disse o retratista, travando um spot. Esperou que todos ocupassem o tablado. — Vamos lá? Fundo branco mesmo?

Jonathan atentou para a lona:

— Sei lá...

— Pode ser colorido também. Tem uns fundos legais aí... Quer dar uma olhada?

Folhearam o buque sobre uma mapoteca de aço. Flávia estalejou o chiclete:

— Não tem nada com flor, não, moço? Tipo assim, um jardim...?

— Claro — disse o fotógrafo, passando mais algumas páginas.

Havia uma composição de flores em tons estridentes, e outro, uma paisagem Fragonard, muito mais frugal. Jonathan achava quase inevitável que a irmã se derretesse pela opção menos espartana, o que aliás se confirmou em seguida:

— Gostei desse aqui!

— Ah, não, esse é muito colorido, Fava...!

— Ai, Than, o outro é muito sem graça, muito triste!

— Mas esse é muito espalhafatoso, muito "cheguei"!

— Ai, gostei desse, pronto!

Robson saracoteava o isqueiro entre os dedos.

— Pode fazer com mais de um... — mediou o fotógrafo. — Faz uma com um fundo, outra com outro, uma série de cada um, depois a gente vê qual amplia...

Os irmãos se entreolharam.

— É, só se for... — disse Jonathan, contrariado.

— Dá pra arrumar outra roupa também, terno, gravata...

Jonathan viu aí a oportunidade de banir da foto a carranca do candidato Fapinto. Teria Fapinto sido eleito?

O retratista trouxe um cabideiro móvel, repleto de peças de vestuário e um mancebo de madeira de onde pendiam ao menos duas dezenas de chapéus.

Jonathan separou um blazer e uma camisa social para o irmão; deixá-lo bem-apessoado era um juro de sua dívida:

— Bota isso aqui!

Flávia enlaçou uma echarpe de seda ao colo, discrepando da blusa de tecido vazado que lhe deixava à mostra o umbigo e da calça jeans boca-de-sino. "Isadora Duncan", pensou Jonathan.

— Adorei! — disse ela, pondo também um chapéu de abas largas.

Robson voltou do provador. O blazer era visivelmente um número acima do seu, mas sem escangalhar-lhe inteiramente o molde.

O responsável pelo estúdio abriu uma das gavetas da mapoteca, revelando uma coleção de óculos de sol.

— Ai, que lindo! Ficou bom? — quis saber Flávia, pondo um falso Ray Ban, modelo anos 1950; mais chapéu e echarpe, o conjunto resultava verdadeiramente sedutor aos olhos do fotógrafo.

Jonathan mofou de si mesmo por prezar na irmã aquilo que chegara a abominar em "outras pessoas"...

❖

Jonathan alcançou um exemplar de *O Globo* na mesinha de centro da apertada recepção, onde os três ocupavam praticamente todos os divãs disponíveis, e consultou a cotação do dólar: R$ 2,34.

Arif trouxe as folhas de contato.

Como a pôr à prova o irmão mais velho, parecia inquestionável que as melhores fotos eram as feitas sobre o fundo de flores — o espalhafatoso, não o sóbrio.

Flávia espalmou o balcão:

— Ai, gostei muito mais dessas aqui! Muito melhor! Muito, mas muito mais bonitas! Mais colorido...! As outras são muito pra baixo!

Robson limitava-se a enrolar um elástico no pulso. Sem encontrar nada que refutasse a jovem, Jonathan respirou fundo:

— É, acho que ficou melhor, mesmo.

Flávia pôs ponto final:

— Pelo amor de Deus, não tem nem comparação, né, gente...?!

— Sabe qual? — indagou o fotógrafo.

Jonathan hesitou:

— Hm... Essa aqui, a segunda...

O fotógrafo olhou na direção dos irmãos, especialmente de Flávia, à espera de uma objeção, que não veio.

Acertaram a moldura e a inclusão de um passe-partout que Arif lamentou não poder ser chanfrado. A secretária abria o bloquinho de recibos:

— Vai deixar um sinal?

Jonathan respondeu que sim.

— Vinte por cento...? Metade...?

— Metade. Pode ser?

— Tudo bem. Vai ser em nome de quem?

— Jonathan, com H.

III

Chegando à calçada, Jonathan desligou-se dos irmãos:

— Tô atrasadaço! Na outra semana eu passo lá... — ia dizer "lá em casa", mas dominou-se. Flávia fez um mecânico gesto de adeus e Robson acendeu outro cigarro.

❖

Administraria o tempo que lhe restava no bureau, antes de tornar pública sua saída — não informara a ninguém do entorno laboral que granjeara um posto de trabalho na Europa.

❖

13h40. Na saleta reservada, Galvão permanecia no computador. Jonathan tornou a vestir o uniforme. No atendimento, quis se explicar a Fabrício:

— Fabrício, olha...

— Depois a gente conversa, atende lá, atende lá...

— Valeu, copiado.

Apanhou a papelada de uma senhora e assumiu a máquina ao lado da utilizada por Zaquieu.

Simona se aproximou, girando nos dedos um CD virgem:

— Aí, *slave*, perdeu!

— McTurbo? — disse Jonathan.

— Muito melhor! Fala aí, Zaque.

— Sei lá, se fosse eu, não contava, não...!

— Merece não, né?

— Merece nada!

Jonathan roçagou o estômago:

— Putz, não tive nem tempo de almoçar...!

— Nem nós, fizemos só um lanchinho! — zombou Simona; ele e Zaquieu eram assíduos fregueses do McDonald's, a poucos passos de distância, na praça Mário Lago, e elaboravam cardápios personalizados, misturando os hambúrgueres em combinações extravagantes. — Aí, se liga: Cheddar, Big Mac, Chicken McNuggets, molho barbecue, extra de mostarda...

— Extra?! — interrompeu Jonathan.

— Pode pedir extra, não sabia, não? Ou então pede à parte; aí os caras têm que fazer a parada na hora, entendeu? Não pode pegar o que tá no mostrador, entendeu? Haha... A gente às vezes pedimos, só de sacanagem! Ó: Cheddar, Big Mac, Chicken McNuggets com molho barbecue, extra de mostarda e ketchup, batata...

— Maionese — obstou Zaquieu.

— Ah é, esqueci! Então...

Fabrício surgiu, entregando a Simona um álbum de fotografias antigas:

— Scanner cor!

— Valeu, copiado — disse o funcionário, retornando ao pavimento da editoração, que ocupava um terço do pé-direito da nave.

Assim que o supervisor se afastou, Jonathan tornou para Zaquieu: .

— McTurbo! Muito clássico! Big Mac, McChicken e batata, aquele troço, assim, a galera olhou, assim: "Caraaaaaca!".

O riso de ambos era amortecido pelo burburinho.

— Cabia nem dentro da boca! E o nome? E o nome?

Zaquieu referia a inspiração para o batismo do sanduíche, quando Simona trouxe um filme pornô intitulado "Anal Turbo", reproduzindo pedaços da obra secretamente durante o expediente. Jonathan desconversou:

— Pois é... E agora, qual é a parada?

O colega despachou outros clientes:

— Presta atenção: pão de baixo do Cheddar, base de mostarda, ketchup e maionese, batata por cima, ketchup, alface, hambúrguer do Big Mac...

— Todos os dois?

— Não, só um, só, por enquanto... Aí, o alface, picles e tal, o Nuggets...

— Caraca!

— Molho barbecue, batata, o hambúrguer do Cheddar, tipo com queijo, cebola e tudo, que não dá pra separar aquela porra, molho barbecue, pão do meio do Big Mac...

— Engraçado que aquele pão do meio, nem curto muito, não, sabia?

— É, depende...! Aí, base de mostarda, ketchup e maionese, batata, ketchup, Nuggets, molho barbecue por cima, alface, o outro hambúrguer do Big Mac, aí... Sabe o sundae?

— De chocolate?!

— Morango!

— Morango?!

— A calda de morango! Chega assim, separa ela, assim, e taca por cima! Aí Nugget, calda de morango, alface e tal e o outro pão do Cheddar... *Pow!* Fechou! Molho agridoce, *slave*.

Jonathan não dava crédito. Zaquieu girou-se para o andar de cima:

— Aí, Simo! Fala aí!

— McStrawberry! — disse Simona, sem sair de sua mesa.

Jonathan sabia, em seu íntimo, que os outros dois jamais ostentariam uma bandeja do McDonald's como um anel de noivado.

❖

— Como eu queria que já fosse sábado! — disse Suellen, outra funcionária da editoração, ao deixar o bureau em companhia de Jonathan no fim do dia.

— *Jet slave* também quer ser feliz... Perfume novo?

— Thaty, d'O Boticário. Minha prima que me deu, de aniversário... — disse ela.

— Adoro Polo. Conhece Polo?

— Muito caro, garoto!

— É pra quem pode, não pra quem quer.

— Engraçadinho...

❖

— Até amanhã, *slave*...! — fez Suellen atravessando a avenida Rio Branco. Jonathan deu a volta, dobrando na Nilo Peçanha para aceder à galeria de lojas do Menezes Cortes, misto de terminal rodoviário e edifício garagem, pela Erasmo Braga.

Como era mesmo aquilo que Sérvio Túlio falava sobre o banheiro público do Menezes Cortes? "Ponto de pegação de veado aquela porra! Aquela porrada de Bento Alves, tudo manjando a rola um do outro!"; e a galera sacaneando: "Já manjou muita rola lá, né?"; e Sérvio Túlio se defendendo: "Não fode, porra! Tava apertado, caralho!".

Jonathan se deu conta de que era mesmo... Como Sérvio Túlio xingava! Depois, deixou pra lá. Já não pensava em Sérvio Túlio...

IV

Do corredor do prédio, ouvia-se perfeitamente a TV no interior do apartamento 703.

— Já chegou, meu filho?— disse d. Wilza, assim que Jonathan abriu a porta.

Era uma mulher de cinquenta anos, malgrado a aparência mais envelhecida, em consequência do sobrepeso e do sedentarismo que lhe complicavam os movimentos, sem embargo das sessões de fisioterapia nos joelhos na ABBR, às quais acudia morosamente.

— Tá com fome, querido?

— Daqui a pouco eu como, tia... — disse Jonathan, beijando-a no rosto.

Uma vez em seu quarto, o rapaz deixou que a mochila escorresse até o chão. Sentou-se na cama e sacou da mesinha de cabeceira improvisada o passaporte, um envelope, as passagens de avião, a Mont Blanc, fotos de P, entre elas a do anel, e o fax do estúdio L'Emission: "*Cher Monsieur, nous sommes heureux de vous informer que votre candidature à été approuvée...*"

Guardou tudo de volta na gaveta, junto ao desenho de Mundo perseguindo a ele, Bujão, Maisena e Lu, e do estojo que ocultava 3.260 euros, avaramente economizados.

Não pudera beneficiar-se do resgate da caderneta de poupança aberta em seu nome por uma tia excluída dos contatos da família. Ao contrário de Robson e Flávia, que usufruíram de suas quantias como dote de quinze anos, ele fora obrigado a usar seu montante para saldar a dívida no Acadêmico.

Tirou da mochila um pequeno embrulho e voltou à sala, sentando-se bem junto à dona do imóvel no número 265 da Rua do Riachuelo, um sala-e-dois-quartos modesto, mas suficiente para sua pouca mobilidade.

— Que é isso? — disse ela.

— A senhora não queria?

D. Wilza rasgou o papel com ingênua voracidade. Tratava-se do DVD de *E o Vento Levou*. Mais um para a coleção de filmes jamais assistidos, estocados na prateleira de alumínio ao lado da TV, ornada de enfeitezinhos baratos e fotos dos filhos.

— Ah, meu amor, não precisava! Que... Ah, Jonas...!

— Comprei naquela loja do Menezes Cortes...

— Ah, mas eu via na televisão, meu filho!

— Haha... Há quanto tempo não passa *E o Vento Levou* na televisão...!

— Ah, mas passa...!

— Passa nada, tia, eles, agora, tão transferindo tudo pra DVD, ninguém mais bota esse tipo de filme na grade...

— Ah... Quanto foi? A tia dá o dinheiro!

— É presente, tia!

— Não, meu filho, mas não precisava!

— Precisava, sim — fez ele, erguendo-se.

— Foi caro?

— É presente...

Ela sorriu, como picada por dilacerante nostalgia:

— Vou ver com Luciene quando você viajar.

Não mencionava Mundo na mesma medida em que falava da filha. Diabética, necessitando de doses diárias de insulina, d. Wilza raramente seguia as recomendações do endocrinologista

— menos no tocante ao vício do álcool, do qual se livrara após a morte do pai —, sem privar-se de doces nem salgadinhos, ainda que Jonathan se restringisse à prescrição médica ao cozinhar uma ou duas vezes por semana, cumprindo o trato com Luciene, quando ficara acertado que viria morar com d. Wilza: "Vê lá, hein, Jay, mamãe come muito mal, não faz nada do que o médico manda!"; a resposta dele foi a única cabível: "Pode deixar, Lu, não se preocupa!".

D. Wilza não admitiu nenhuma ajuda pecuniária para a manutenção da casa. O rapaz também não abusava, servindo-se dos Tickets Restaurante do trabalho para o almoço e de um pequeno lanche à noite.

❖

Em atenção a seu estado de saúde, Jonathan mantinha d. Wilza à margem das reais implicações da viagem.

❖

O aniversário de quarenta e cinco anos da mãe de Jonathan caía numa segunda-feira, dois dias antes do embarque, e combinou-se uma reuniãozinha para o sábado anterior. O pai, não achava que fosse — a separação se consumara logo após o nascimento de Flávia.

Tia Brunei e sua boca torta não faltariam.

❖

— Tia, posso usar o telefone?

— Claro, Jonas.

Não se incomodava que d. Wilza não o chamasse "Jay", como os colegas.

— Vou levar ali pra dentro pra não atrapalhar a senhora.

— Não atrapalha, não, meu filho, pode falar à vontade...
— disse ela, entretida com a TV.

— É melhor...

— Você que sabe, meu amor...

Jonathan passou o fio da extensão por debaixo da porta do quarto e discou o número da mãe.

— Alô?

— Alô, mãe?

— Oi, Than... tudo bem? Como é que tá o clima? Já comprou as malas?

— Quê?

— As malas.

A televisão era outra das similitudes com os Lourense.

— Mãe, a televisão não tá muito alto, não?

— Oi?

— A televisão, tô ouvindo daqui.

— Peraí.

A mãe regressou instantes depois.

— Por acaso você não esbarrou com seu irmão aí no Rio hoje, não?

Jonathan receou que a tramoia da fotografia houvesse sido dedurada. Apegou-se, porém, à introspecção de Robson e à ânsia de Fava por emparelhar com os irmãos, razão pela qual subscrevia uma ou outra travessura:

— Ele podia ter passado lá no bureau...

— Pois é, eu pedi a ele pra fazer um negócio pra mim...

O rapaz não desperdiçou a brecha:

— Que negócio?

— Eu pedi a ele pra dar uma passada na casa de câmbio...

— O dólar agora não tá muito caro, não, mãe? Não era melhor esperar um pouco?

— Na gaveta do meio!

— O quê?

— Oi?

— Que que a senhora disse?

— Não, sua irmã que tá aqui, me perguntando onde é que tá a escova.

A fala da mãe direcionou-se a outro ponto, distante do fone.

— Na gaveta do meio, embaixo da pia!

Fragmentos da voz de Flávia eram distinguíveis:

— Não tá, já vi.

— Olhou no armário?

— Já olhei!

— Olha de novo! — E, de volta à chamada: — Oi, Than.

— O dólar tá caro agora, mãe.

— Ah, mas eu vou precisar mais lá na frente, sabe como é que é, né?

— Eu digo porque…

— Então não sei, Flávia!

Jonathan arriscou:

— Quanto a senhora pediu pra comprar?

A ligação ficou muda por algum tempo.

— Olha, deu setecentos dólares.

O rapaz calculou rapidamente. De acordo com a cotação checada mais cedo, o correto seria oitocentos e cinquenta e tantos reais. Estava habituado às oscilações praticadas pelas casas de câmbio, mas cento e cinquenta dólares de diferença?!

Era como se houvesse um pacto entre os membros da família para não ferirem a suscetibilidade uns dos outros, por isso Jonathan não insistiu. Só repetiu que não queria ninguém indo com ele até o aeroporto:

— Três meses passa rápido.

Uma pausa fez parecer que a mãe cortaria a ligação — era sempre a primeira em dar a conversa por encerrada.

— Mãe, que horas é o aniversário? Eu vou dar uma passada aí no sábado e…

— Não, mas eu não vou fazer nada no sábado, não!

— Ah, mas… Bom, não era…?

— Não, não… Sábado, não; vamos fazer na segunda-feira mesmo…

— Mas segunda-feira não é meio ruim?

— Brunei, menino, Brunei…

A mãe explicou que tia Brunei, de quem um AVC não pudera dar cabo, pusera abaixo a reunião no fim de semana, dizendo que comemorar aniversário antes do tempo dá azar.

— E a senhora dá bola pra isso?

— Achou?

Flávia respondeu à distância.

— Tá, tá sim… — E novamente ao aparelho: — Sua irmã não tá encontrando a nécessaire; tô falando pra ela que tá na parte de cima do guarda-vestido… É fogo… Deixa eu ir lá, um beijo, Than, tchau!

O bipe da linha desligada rompeu antes que Jonathan tivesse tempo de responder.

V

— Mãe, minha cabeça tá mole aqui em cima...
Estava no umbral da cozinha, onde a avó e a mãe falavam do pai dele, mesmo sem terem nomeado Irã uma única vez. Já entendia quando a conversa dos adultos era séria, mas não sabia como explicar o que lhe passava no alto da cabeça, outrora rijo e compacto, mas ultimamente estufado e molengo, como se uma substância de consistência mingau lhe houvesse sido inoculada sob o couro cabeludo.
A mãe não deu maior importância ao aviso.
Quantos dias teriam se passado desde que detectara o fenômeno? Gostava da palavra "fenômeno", cujo significado aprendera recentemente na escola.

Regressando de um passeio com o pai — ele e o irmão ficavam com Irã nos fins de semana, embora tivesse a impressão de que não em todos —, fez caretas para abrandar a cefaleia de que vinha padecendo ao mínimo esforço, como subir as escadas do prédio. O pai reparou:

— Tá fazendo essa cara por quê?

Jonathan relaxou a expressão até que a dor diminuísse.

— Tomando banho, todos os dois! — mandou a mãe, assim que o ex-marido chegou com os meninos.

Robson sempre conseguia adiar o cumprimento das ordens, e ele acabou sozinho no chuveiro. Ouvia os pais na cozinha. Passou longos minutos ensaboando o ventre, à espera da mãe, mas a presença de Irã a distraía. Evitava esfregar a cabeça desde que amolecera, e deixou que a água se lhe escorresse por cima. As vozes na cozinha se transformaram em gritos.

Flávia cumprira um ano.

Jonathan só saiu do transe quando a mãe surgiu:

— Than! Fecha essa água!

O sobressalto o fez errar a torneira duas vezes. Ia expor o motivo pelo qual passara tanto tempo ali, à toa, mas a mãe desancou:

— Se enxuga!

O pai teria partido? Não estranhava se o pai fosse embora sem dizer tchau.

No quarto, Robson espalhara "a bicharada", como eles chamavam a coleção de miniaturas em plástico unicolor de animais selvagens, e Jonathan tratou logo de saltar no colchão, chocando as feras, urrando e mugindo.

Foi quando chegou prima Mina. O apartamento em Santa Rosa, onde residiam naquela época, era um fluxo contínuo de gente. Mina, vó Graça, a mãe, Robson e Fava, tia Brunei, Crica — a empregada tacanha e acobreada, sempre de coque e manga comprida, às voltas com uma bíblia velha debaixo do braço...

— Haha... Parece o Hulk...! — caçoou Mina, ao vê-lo pentear-se.

Uma vez mais, esteve a ponto de citar o fenômeno, mas a prima retirou-se, atendendo ao chamado de alguém, e ele acabou esquecendo. Lembrava era de vó Graça praguejando contra

Irã, quando ainda moravam todos juntos. E do Nescau, que ele não gostava que fizesse "bolinha juntinha", como denominava as pelotas de chocolate mal dissolvido no leite frio.

Numa oportunidade, aproximou-se de vó Graça sorrateiramente por trás e apertou-lhe com gana o cocuruto, para comprovar se era atributo dos adultos tê-lo assim, flácido.

— Ai! — fez ela.
— Que é isso, Than, ficou maluco?! — recriminou a mãe.

Os moleques da segunda série corneteavam: "*Tiziu, Raimundo/ Vai tomar no cu bem fundo... Raimundo, tiziu/ Vai pra puta que o pariu!*", porque Raimundo, mesmo mais forte que a maioria, era apenas o terceiro em escala de força.

As caretas de dor passavam despercebidas no bolo de alunos chispando no pátio para lá e para cá.

Quando tia Edhilamar decretava "Baixou cabeça!", e todos cruzavam os braços sobre a carteira antes da sirene, Jonathan jurava que ouvia os próprios miolos retinindo o batimento cardíaco.

A professora ia liberando um por um, em fila. Ele estava sempre entre os do meio, nunca nos extremos, ao contrário de Raimundo, sempre lá atrás.

Havia a incógnita de quem teria vindo buscá-lo no Hermes Barroso e quem teria ido buscar Robson na escolinha — se Mina, se vó Graça, se Crica... A mãe não, porque trabalhava. Quase sempre era Crica quem vinha. Crica era bom porque o deixava ir correndo na frente, apesar dos carros. Vó Graça o trazia perpetuamente junto de si. Pensava em pegar a mão de vó Graça e pousá-la sobre a cabeça, dizendo: "Vó, bota só a mão aqui, olha só que engraçado!", mas nunca o fez.

❖

O encerramento do *Balão Mágico*, que naquele ano seria desbancado pelo *Xou da Xuxa*, era a senha para que se preparasse para a escola...

❖

No recreio, Raimundo jogou na frente dele uma bola de futebol murcha, que se espatifou frouxamente no chão:

— Quero ver chutar!

Como desatendesse ao desafio, Raimundo foi até a bola, retirou de dentro dela uma enorme pedra, pronta a fraturar quem se atrevesse a golpear o couro sem ter ciência de seu conteúdo, e a atirou contra ele, que conseguiu se esquivar por muito pouco.

O susto reativou o fenômeno, e sua cabeça esteve a ponto de explodir.

❖

Depois do banho, correu brincando atrás de Robson, sem se secar direito, ainda nu. Fez "Psiiiiu!" para que o irmão ficasse em silêncio quando entraram no quarto da mãe, onde estava instalado o berço de Flávia, entre a cama e a janela. A irmã dormia rente à grade, de modo que a boca e o nariz se projetavam pelas hastes.

Era um desses raros momentos em que se via a sós com os dois irmãos ao mesmo tempo.

Robson, no entanto, escapuliu pelo corredor, restando apenas ele e a irmã.

Não foi seu primeiro arroubo o que verdadeiramente marcou aquilo que ele carrega desse dia, porque a boca da irmã, assim, exposta, o fez pensar em como seria beijar Raimundo na boca... Beijar como se faz na televisão... Tocar com seus lábios os lábios pretos de Raimundo...

❖

— Que que você tá fazendo aí? — disse Crica, prostrada na entrada do quarto, cravando nele um olhar transtornado.

Despido, junto do berço, Jonathan ia explicar que viera atrás de Robson para recuperar um hidrocor-boliche, mas a empregada não lhe deu tempo:

— Que que você tá fazendo aí?

O menino quis inocentar-se:

— Nada não, Crica!

— Vem cá!

— Eu não tava fazendo nada!

— Vem cá, garoto! — disse ela, passando de joelhos por sobre a cama.

Jonathan se safou, tangenciando o armário. A empregada alçou o outro braço para detê-lo, resvalando os dedos sobre sua cabeça:

— Sangue de Jesus! Que que é isso, meu Senhor Jesus?!

A comoção dela o fez parar:

— Que que foi, Crica?

O rosto da empregada transmudara-se em algo que ele classificou como nojo.

— Que que é isso?! Em nome do Senhor Jesus…?! — fez ela, apalpando-lhe horrorizada o couro cabeludo. — Que que é isso, que que é isso, que que é isso aqui, garoto?!

— Não é nada, Crica, minha cabeça é que tá mole agora assim mesmo…

❖

Sentado na maca do consultório, Jonathan divertia-se por ter os pés içados a uma distância tão elevada do solo.

— Há quanto tempo ele está assim?

A mãe ia responder, mas preferiu questionar o filho:

— Than, quanto tempo?

Jonathan não soube o que dizer, tinha pouco discernimento da demora das coisas. Lembrava-se apenas de que um dia Raimundo o puxara pelos cabelos, arrastando-o pela quadra de cimento, e que quando conseguiu se soltar tinha o alto da cabeça dolorido e fofo. Tardou em relacionar uma coisa à outra. Distraído como era, nada lhe garantia que o fenômeno não se tivesse produzido antes da agressão.

O médico foi delicado:

— Uma semana? Dois, três dias? Há quanto tempo você sente isso?

— Uma semana — disse, só por ser um espaço fechado de tempo.

— E não doeu?

O menino não respondeu.

— Than, tá falando! — fez a mãe.

— Quê?

— Tá perguntando: "Não doeu"?

— Um-hum...

O doutor o tocou novamente:

— Sentiu muita dor? Apertou aqui em cima, assim?

Jonathan gemeu um pouquinho; temia responder o que não se esperava dele:

— Senti...

— Alguém puxou seu cabelo? — continuou o médico. — Você brigou? Na rua, na escola...? Foi briga? Brigou com um coleguinha...?

Sem tirar os olhos do chão lá embaixo, Jonathan preferia não ter de caguetar Raimundo, mas não se via em condições de escapar ao interrogatório:

— Meu amigo da escola.

O médico aguardou um instante:

— Quando a senhora notou?

— Ontem.

— A senhora não tinha notado? Não tinha passado a mão na cabeça dele, pra ajudar ele a se pentear, alguma coisa assim?

— N-não, quer dizer... Minha... minha empregada é que...

Jonathan fingiu não ver a mãe começar a chorar. Pensou que, dali para a frente, seria muito melhor se pudesse sempre demonstrar tudo o que dizia, para que tivessem prestado atenção quando ele anunciou o fenômeno pela primeira vez.

O pediatra pediu que a secretária trouxesse água, esperou que a mulher se acalmasse e começou a descrever o caso de Jonathan: uma inflamação não sei do que, tal coisa tinha se descolado do osso do crânio, e não sei o que do *perióste*, porque seus cabelos foram puxados assim, assim, que não sei o que, não sei que lá...

❖

A luz fluorescente da farmácia o trouxe de volta ao mundo.

Não imaginava quem tomaria todos os remédios que a mãe solicitava no balcão. O que é mesmo que ela está pedindo? "Anti" o quê? *Antiótico*? Custava soletrar "antibiótico"; achava *perióste* mais legal. Mas, afinal, quem estaria tão doente?

❖

Foi no dia seguinte? É possível. Jonathan não estava bem certo, mas poderia ter sido no dia seguinte. Ele, a mãe, vó Graça, tia Edhilamar e a diretora, todo mundo na sala da direção. Discutiam ou ao menos falavam mais alto que o normal. Na parede, uma foto de monsenhor Hermes Barroso, patrono do colégio, austera e escura.

Ele, sentado no banquinho mais afastado, tocava o piso de madeira com a ponta dos pés — uma diferença abismal para a maca do consultório...

Toda hora se pronunciava o nome de Raimundo. "Mas, gente, tudo isso que vocês tão falando é só por causa de Raimundo?", teve vontade de dizer.

Pensou em chegar na classe e ir logo avisando ao colega: "Ó, não fica de bobeira não, que todo mundo tá de olho em você por causa daquele negócio de você puxar meu cabelo, hein?! Não fui eu que falei nada não; eles é que descobriram!". Assim, Raimundo teria tempo de se enquadrar e passar ileso à inspetoria, que o estaria vigiando.

Imaginou Raimundo agradecendo-lhe e tornando-se seu melhor amigo para sempre, sem nunca mais tacar pedras nele, bicar sua bunda nem chamá-lo pra porrada.

— Veja bem, a escola prefere conduzir tudo com a máxima discrição... Às vezes, um menino mais forte...

A mãe de Jonathan ergueu a voz, vó Graça a apoiava, sacudindo a cabeça positivamente:

— Ele tá com a pele da cabeça descolada! Esse menino puxou o cabelo do meu filho até...

— Eu sei, minha senhora... Eu entendo perfeitamente, mas a escola... — forcejava a diretora.

— Eu quero saber o que que vai acontecer! Porque eu vou tirar meu filho dessa escola, já, já! Que providência...

— Veja, às vezes um menino, quando tem, assim, digamos...

— Quando tem o quê?

— Se a senhora me deixar concluir... Quando a criança manifesta um... Por exemplo, assim como seu filho, que... Como é que eu vou dizer? Sai um pouco dos padrões dos outros coleguinhas...

— Sai dos padrões?!

— Assim... Quando a criança manifesta uma forma de ser menos compatível com a dos outros meninos... Por exemplo, uns modos mais, assim...

Tia Edhilamar pediu licença achegou-se a ele:

— Vamos lá na cantina? Gosta de chocolate Lollo?

Tomou-o pela mão e saiu com ele do gabinete.

A última coisa entrevista por Jonathan, antes que a porta se fechasse, jamais se reprisaria... O olhar da mãe em sua direção, como se o enxergasse pela primeira vez...

VI

— Eu tinha posto aqui em cima... — disse Jonathan, apontando duas caixas de cartuchos toner, onde deixara o crachá no dia anterior, trocando as camisas ao regressar da sessão de fotos, esquecendo-se, ao que tudo indicava, de alfinetá-lo de novo no peito.

— Sabe que tem que tá com o uniforme completo, né?

— Valeu, copiado, Galvão, eu tinha até falado com Fabrício ontem...

Galvão era imune à indulgência dos *jet slaves*, cognome pelo qual os funcionários do bureau chamavam a si mesmos em segredo:

— Sabe como é que é, né? A gente tem que tá com a empresa até o último detalhe, confere? A gente não conversou isso já, Nascimento?

Jonathan se manteve firme. Não queria bisar a estância no Colégio Brazil, quando Boca-de-Peixe e Marzagão o esmagavam contra a parede quase todo dia, cantando: "*Chegou general da bunda, ê, ê/ Chegou general da bunda ê, á!*", e ele não reagia, para mais rápido livrar-se do assédio. Por isso, acabava sempre chorando. O choro que possivelmente minguava seu amadurecimento como homem...

Houve quem dissesse que ele enxugava as lágrimas igualzinho a uma moça. Tia Brunei o viu chorando.

Engraçado é que não se lembrava de andar por aí choramingando com tanta facilidade na época de Raimundo, nem mesmo quando ficou de cabeça inflada. É que dos oito aos catorze anos muitas coisas haviam mudado...

❖

Achava sua potência física insuficiente, apesar da constituição semiatlética, e a pouca aptidão para futebol sugeria que não chorava de tristeza ou introversão, mas sim de raiva. Raiva por sua abjeta falta de vontade em imiscuir-se em esportes e lutas, em cooperar nas brincadeiras estúpidas que enfezavam as meninas.

❖

Ranieri, outro colega da sexta série, que gostava de vangloriar-se da abundância dos pelos pubianos em torneios de macheza, trouxe um monturo de revistinhas de sacanagem antigas.

Jonathan não pôde fugir à situação e teve de amargar o exame dos opúsculos um a um, entre a vibração da molecada, fazendo de conta que ser o "General da Bunda" não o impedia de exercer seu pendão de madureza.

Achou as mulheres porcas e pentelhudas, pondo para fora línguas saburrosas, fazendo caras e bocas muito esdrúxulas, e os caras, enfiando seus paus colossais nas — como os outros meninos diziam — bocetinhas delas, muito nojentos. Na realidade, não pareciam bocetinhas. Pareciam mais repugnantes feridas. Os homens, de bigodes desgrenhados, também eram feios, e teve certeza de que jamais se casaria com um deles.

❖

Galvão insistia:

— A gente já não conversou isso?

Jonathan imaginava a perplexidade coletiva quando comunicasse seu desligamento do emprego.

— Hein? Não já, Nascimento?

Como o rapaz permanecesse calado, Galvão não perdeu mais tempo:

— Anda, vai lá, depois a gente conversa.

— Valeu, copiado...

❖

Quando mudou de colégio, Jonathan prometeu de si para si que sua vida ganharia um novo arranque. Tudo seria diferente na terceira série, ante a perspectiva de livrar-se do estigma de ser apontado como a mulherzinha de Raimundo.

❖

Tia Brunei alardeava que quando ele começasse a ter espinhas e engrossasse a voz é que seriam elas:

— Espinha coça à beça! É a barba vindo aí...!

Eles já se haviam mudado para o Fonseca? Sim, já estavam no Fonseca. Haviam saído de Santa Rosa no ano anterior. As datas já adquiriam relevância para Jonathan. Ouvira a mãe dizer que era mais econômico, mesmo ele perdendo o fio da meada de se eles se mudaram para o Fonseca porque ele mudou de colégio ou se ele mudou de colégio porque eles se mudaram para o Fonseca.

Depois de Santa Rosa, todos desapareceram. Crica — Crica foi logo a primeira em sumir, porque a mãe alegou não poder continuar pagando empregada —, Mina, vó Graça, que morreu depois da mudança... Tia Brunei era a única que ainda os vinha visitar.

❖

O Colégio Brazil, situado em uma transversal sem saída da alameda São Boa Ventura, foi um tremendo baque porque mal deixava para trás a história com Raimundo e nem lhe davam tempo de mostrar como melhorara de um ano para outro.

Era inútil ser sempre melhor aluno porque precisava era ter estado de sobreaviso para como a gurizada se meteria com seu... com seu jeitinho.

Não fosse isso, ele pensava, não fosse isso seus dois primeiros anos no colégio teriam sido tão mais benfazejos...

Gostou desta palavra nova: "benfazejo".

Mas não seria antes da quinta série que Jonathan iria, de fato, ao encontro das lágrimas. Aquelas que Marzagão e Boca-de-Peixe, recém-matriculados, o fizeram derramar até que o transferissem para o Acadêmico, no centro de Niterói, quando sua forma de ser já se havia coagulado.

❖

— Pela idade dele, sabe o que eu quero dizer?

A mãe de Jonathan nada respondeu. Juntava miçangas na caixa de carretéis.

— Por qualquer coisa ele chora, já reparou?— afincava tia Brunei. — Na idade dele, os meninos já têm um jeito mais assim...

— Assim como?

— Mais rapazinho. Já era pra ele estar com um jeito mais... sabe? Ele parece pouco amadurecido como...

A mãe de Jonathan ergueu-se da poltrona antes do fim da frase. O menino ouvia a tudo escondido no vão entre a sala e a cozinha.

Ventruda, de pernas e braços fininhos, nariz abatatado, sobrancelhas afiladas, olhos e cabelos pretos, halitose crônica, tia Brunei promulgava coisas sui generis, como quando a televisão transmitia *Elvis Não Morreu*, com Kurt Russell no papel principal, e alguém disse que o filme era chato.

— Isso é filme nacional! Filme brasileiro é assim mesmo! Tá se vendo logo...!

Estava empenhada em fazer a mãe do garoto reconhecer a pouca virilidade do filho.

Desde o dia na direção do Hermes Barroso, com vó Graça, a diretora e tia Edhilamar, Jonathan media melhor a forma um tanto agreste com que a mãe o tratava. Era sutil essa minúcia, e quem a observasse toureando tia Brunei provavelmente duvidaria, mas...

Se ela se mantinha tão firme, seria por alguma coisa que Crica lhe tivesse contado...?

— Cadinho só vê negócio de mulher pelada; Jorge Fernando, nessa idade, só falava em mulher...! — disse tia Brunei, referindo-se a parentes distantes que regulavam em idade com Jonathan; tia Brunei não tinha filhos.

— É, mas Than tá muito novo pra essas coisas... Cadinho e Jorge Fernando é que se aventuraram muito!

— Não sei, não... Pra idade dele, parece assim... Parece que ele não amadureceu muito, sabe o que eu quero dizer?

❖

Jonathan era o único dos irmãos a não lastimar mudar de colégio. O Acadêmico era o terceiro que frequentava, e a tantos mais se mudaria de bom grado, desde que pudesse se desvencilhar do lastro podre que se apossava dele nas escolas por onde passava.

❖

Lera os títulos de Isabel Allende, Mário de Sá-Carneiro, Marguerite Yourcenar e Paulo Coelho esquecidos pelo apartamento e, fuxicando uma dúzia de revistas de ocultismo que a mãe comprava e não lia, especulou se não era um negócio meio astrológico o que os submetia aos atrasos no pagamento da pensão alimentícia que Irã vinha negligenciando...

VII

Quando vieram lhe dizer que ele não seguiria no Acadêmico, Jonathan supôs apenas mais uma mudança de colégio. Não sabia a que ponto decaíra o status financeiro da família.

Sua mãe, recém-aposentada do IASERJ, não pudera arcar com a despesa dos oito últimos meses do primeiro ano no Instituto. O mesmo se dera com Robson, então na quinta série. Teria de renegociar a dívida e não encontrava o pai das crianças para se escorar, porque Irã alegava o tranco do Plano Collor.

Só que matricular os meninos no ensino público era dar muito mole para o ex-marido, desonerando-o da pensão em caráter de urgência.

O abandono escolar foi a apoteose de 1994. Fava talvez fosse a única que poderia iniciar a terceira série.

❖

Era como se o ânimo de Jonathan se houvesse corrompido depois de ser o "General da Bunda" por tantos anos.

Prostrava-se horas e horas sob as cobertas no quarto que dividia com o irmão. Aos onze anos, Robson brincava a maior parte do tempo.

❖

Os pais quebravam o pau toda semana, por telefone mesmo, porque a guarda compartilhada nos fins de semana havia muito que deixara de ser consignada.

Jonathan achava a mãe demasiado agitada cada vez que tomava conhecimento de que o ex-marido tinha uma namorada nova, mas era sempre com Robson que ela desabafava. Às vezes, até com Fava. Nunca com ele, que era o mais velho. Isso ele mediu também.

❖

Voltando para casa, trazendo três bisnagas de pão, ouviu de um sujeito:

— Que elegância toda é essa, vai desfilar de miss?

❖

Quando ia ao Centro de Niterói, folheava a imprensa musical na vultosa banca de jornais nas imediações do Plaza Shopping, o principal centro comercial da cidade. Adorava britpop.

❖

Tentou se masturbar, mas não conseguiu aferrar o pensamento em nada e teve tanta vergonha de excitar o pênis introduzindo um dedo no ânus que por pouquíssimo tempo pôde manter a ereção.

Queria ter chorado. Quase teve saudades do aluvião que Boca-de-Peixe e Marzagão o faziam esguichar antigamente.

❖

No edifício Nunes, onde viviam, havia um morador, dois andares abaixo, que tinha fama de veado e o mirava de modo lascivo. Gilberto. Jonathan o evitava.

Em algumas ocasiões, coincidiam no Plaza Shopping. O rapaz desviava tão logo o identificava, sentado em uma mesa do Viena Café, próximo ao chafariz no térreo, com uma xícara de café vazia e um recipiente de chantilly pela metade, vestido como gerente de banco, revisando planilhas, portando um faustoso celular.

Uma vez, no entanto, não o fez suficientemente a tempo e teve a nítida impressão de que Gilberto punha a papelada de lado para observá-lo diluir-se na multidão que circulava pelo centro de compras.

❖

— Mas ele não tem uma caderneta de poupança?

— O quê? — replicou a mãe de Jonathan à tia Brunei, porque era tia Brunei quem continuava vindo à casa deles de vez em quando.

— A caderneta de poupança.

— Que caderneta de poupança?

— Clotilde não tinha aberto uma caderneta de poupança pra cada um?

Ninguém se lembrava da caderneta de poupança com que Clotilde, madrinha de Irã, regalara cada uma das crias do afilhado quando nasceu. Com a separação, essa parte da família fora deixada de lado. A parte de Irã, quero dizer.

❖

À mãe de Jonathan não agradava em nada recorrer à caridade da parentela do ex-marido, mas o importe disponível no Bradesco era não só suficiente para saldar a dívida no Acadêmico como também para rematricular os filhos.

Pena que passara o tempo das inscrições, e os meninos ficariam até o fim de 1995 sem pisar em uma sala de aula. Tudo em nome da guerra com Irã.

❖

"Mãe, eu não gosto do meu nome", Jonathan pensou em cuspir-lhe na cara.

❖

— Mãe, viu aquela propaganda?

— Qual?

Jonathan esclareceu:

— Aquela, daquela escola de Propaganda e Marketing...

— Que que tem?

— Tem uma escola de Propaganda e Marketing lá no Rio que faz o segundo grau em dois anos.

— E você quer estudar Propaganda e Marketing?

— É pelo segundo grau. Daria pra fazer o segundo grau em dois anos, aí recupera o tempo que eu fiquei parado.

De fato, a TV veiculava, na programação vespertina, a publicidade da ETECOP — Escola Técnica de Comunicação e Propaganda, localizada na rua Buenos Aires, no Centro do Rio de Janeiro —, que oferecia o segundo grau técnico em publicidade em apenas dois anos.

— E isso serve pro vestibular?

— Não sei, só indo lá ver.

— Sair daqui pra estudar no Rio?!

❖

Vai ver que estavam só à espera de que ele fizesse uso do dinheiro depositado em seu nome para então, como por milagre, sanarem os problemas financeiros da família, porque pouco depois Irã já tinha dado um jeito de liquidar a dívida de Robson sem necessidade da utilização de nenhum pé-de-meia para que o menino voltasse ao Acadêmico.

Jonathan se sentiu trapaceado, muito embora pairasse no ar a ideia de que se não fosse ele a sacrificar-se, o pai não poderia incumbir-se dos dois filhos sem desfalcar o lado de Flávia.

"Muito bem, Than...", lhe disseram.

E, nem bem chegou a inteirar-se de que tinha dinheiro, ele acabou sem um tostão.

E sim, o curso da ETECOP servia para o vestibular.

E não, ele não chorava mais como antes.

VIII

As primeiras classes no Técnico A da ETECOP — onde matérias como Marketing, Comunicação e RTV (Rádio e Televisão) dividiam a grade com Matemática, Geografia, Física, Química etc. — não lhe produziram tanto efeito como amanhecer cada dia praticamente já a bordo do ônibus para o terminal João Goulart, correr à praça Arariboia e às 6h30 da manhã tomar pontualmente a barca, como são conhecidos os ferryboats que singram a Baía da Guanabara, ligando as cidades de Niterói e Rio de Janeiro.

O odor do óleo no cais, misturado à maresia, o entorpecia.

Desembarcava na praça XV de Novembro, no Centro do Rio, percorria a Primeiro de Março e a Buenos Aires, até quase a esquina com praça Olavo Bilac, e subia ao segundo andar do edifício número 93, onde as aulas iniciavam às 7h20.

Preferia que lhe dirigissem antes a palavra, como foi o caso dos irmãos Lourense, Luciene e Luis Henrique; ela, magra e delicada, não pesaria mais de cinquenta quilos; ele, um ano mais velho que a irmã, alto e ancho, por volta dos noventa ou cem.

Uma dívida com a instituição de ensino anterior os submetera à interrupção dos estudos, em um caso idêntico ao seu — os irmãos lhe contaram, sem que ele perguntasse.

Conheceu Míriam, que comprimia a banha numa baixa estatura conduzida com passadas de quem cisca a terra. Cabelos tão compridos que lhe serviriam de vestido se desse com eles a volta ao corpo. Meio ranheta. O batom dificilmente lhe durava muito, deixando apenas um tênue contorno avermelhado em volta dos lábios.

Jonathan era conhecido por ser o mais CDF.

Decidira-se a não dar mostras da impubescência e duvidava que tipificassem nele um traço que fosse de sua verdadeira natureza.

Dispusera do ano estagnado para aprimorar esta fachada, passando a dizer que achava gostosas pra caralho as meninas que os outros carinhas também achavam — como Karla, do Técnico B.

❖

Não seria anormal se Karla estrelasse capas de revista: cabelos castanhos, escorridos até abaixo do trapézio, íris amarelas de tão verdes; as coxas não se chegavam a tocar, modulando uma singela abertura triangular que ia da base da vulva até o roce dos joelhos, acarretando que invejosos a tachassem de magrela.

Geralmente era vista em companhia de carinhas mais velhos, que a vinham buscar de carro. Ângelo, por outro lado...

❖

Chegara a pensar que Ângelo fosse estrangeiro. Depois, viu que não.

Era a pessoa mais singular que já encontrara, Brett Anderson saído das páginas do *New Musical Express*: alto, fibrado, de quando em quando, deslizava os dedos sobre a franja... Estigmatizava a telefonia celular como brega e não compartilhava das boçalidades dos outros garotos, apesar de se dar bem com todos.

"*What goes on in your mind?*"[1] , dizia como saudação.

Tinha uma namorada que não estudava no colégio, cuja foto ilustrava a contracapa de um número do *T.V. Eye*, fanzine que o rapaz editava com amigos. Chamava-se Ester.

Jonathan achou o nome horrível! Incompatível com a imagem da jovem, de mechas presas com grampos coloridos, óculos de grossos aros, camisa do *Marquee Moon*.

Não era tão bonita quanto Karla.

❖

O Rio de Janeiro o fazia sentir-se coletado por uma ocupação autêntica, ao contrário de Niterói, onde qualquer encargo se rebaixa a uma camada quase familiar de tão comezinha.

❖

— Eu só comecei a estudar aqui... A gente, né? Eu e Henrique. Só começamos a estudar aqui por causa do meu namorado... — confessou-lhe Luciene. — A gente tava lá, paradaço, minha mãe sem saber o que ia fazer... Aí, sei lá, eu tinha conhecido Júnior um pouco antes, sabe? A gente tava ficando...

---

1 Lou Reed, "What Goes On" © Sony/ ATV Music Publishing LLC.

Assim, a gente ia ter que repetir um ou dois anos, se não fosse Júnior! Ele é que indicou aqui...

Jonathan comoveu-se com a gratidão engastada na declaração da jovem. Adoraria sentir a mesma coisa por alguém que o viesse resgatar também:

— Ele estudou aqui?

— Não, não, Júnior fez engenharia; o pai dele quer montar uma empresa pra ele e tal... O que rolou foi que ele viu a propaganda na televisão!

Jonathan exaltou a casualidade. A amiga explicou como se haviam conhecido, em uma feira de informática:

— Ele foi meu primeiro namorado...

Júnior apareceu um dia, no recreio, quando os alunos se espalhavam pela calçada em frente ao prédio da escola; um rapaz de vinte e quatro anos, troncudo, corte militar, família oriunda do Espírito Santo. Jonathan teve a sensação de que, diante de Júnior, não conseguia camuflar tão bem sua imaturidade. Decerto por ser o rapaz mais velho que todos eles, já trabalhar e ter carro, um Omega cinza, modelo 1996.

Luciene foi a quem mais se afeiçoou, talvez pelas coincidências que os guiaram até ali, talvez pela candura e lealdade da jovem.

Chegou a trocar ideia com Bela, outra menina do Técnico B, espichada, mais polpuda nas pernas que nos braços, traseiro um tantinho cavo e imenso pescoço, que dava proeminência a um colo que Jonathan achava até bonito, mas não descontava dela o fato de ter o nariz muito junto da linha dos olhos, repuxando o lábio superior e deixando à vista dentinhos que ressaltavam mais que a boca quando sorria. Tenazes espinhas nas maçãs do rosto, óculos de fibra de carbono e melena loura, acima da nuca. Bonitinha — sempre que não a pusessem ao lado de Karla.

Era o que Jonathan achava.

Com Ângelo, se atrevia menos, para que não se consumisse o que pudesse haver de puro e admirável em ele falar com Ângelo. Comprara todos os números do *T.V. Eye* e passara a escutar exclusivamente britpop, indie, punk, post-punk, e todas as outras categorias musicais adquiriram tal sordidez ante seus sentidos que se lhe fez insuportável a cantilena veiculada no rádio e na televisão — principalmente pagode e axé.

Se Ester não existisse, acharia justo que Ângelo escolhesse Karla.

❖

Irã trabalhava em uma repartição da Varig no Santos Dumont. Jonathan adorava o aeroporto doméstico inaugurado em 1936 sobre um aterro nas águas da Baía da Guanabara, a apenas oitocentos metros de distância do atracadouro da praça XV, desde a primeira vez em que viu uma aeronave aplainar o teto da barca que o trazia a bordo para efetuar a reta final do pouso. Sempre que podia, esquecia-se na vidraça do saguão principal do aeródromo, observando os aviões que taxiavam na pista estendida sobre o mar.

❖

O pior não era aguardar na sala de espera até que Irã encontrasse um minuto para atendê-lo quando tinha de vir pedir dinheiro, mas sim aguardar na sala de espera fingindo que não ouvira nada quando, certa vez, um colega do pai anunciou baixinho à secretária: "O filho do Irã tá aí, o veadinho".

Mas isso acontecera antes de sua decisão de suprimir qualquer resquício de imaturidade que pudesse manifestar, que fique claro...

❖

Irã sempre o levava a uma lanchonete na avenida Franklin Roosevelt, fora do aeroporto. As duas últimas mensalidades da ETECOP se haviam acumulado à raiz de um atraso no pagamento dos funcionários da empresa aérea.

— Sua mãe podia ter telefonado, em vez de mandar você.

Jonathan queria sempre apenas refrigerante e batata frita.

— Pode falar pra ela ficar sossegada que eu vou depositar amanhã. Os caras atrasam, que que eu posso fazer? Tá uma merda aqui!

Robusto, de rosto bexiguento e oleoso, testa reta, bigode denso, mãos inchadas e rijas, olhos injetados, Irã nunca se enredara em disse-me-disse acerca do feitio de Jonathan, mesmo quando tia Brunei insistia no tema. A respiração tonitruante, porém, fazia supor que farejava à distância a sazão do filho, e Jonathan chegava mesmo a temer hostilidade a alguma palavra dita com menos firmeza.

Quem sabe se por isso a guarda dos fins de semana tenha mirrado até deixar de existir, o que atingia Robson e Fava também...

❖

Dissessem o que dissessem, ele não tinha preocupação com as provas finais. Não entendia como os outros alunos podiam achar difícil o que, para ele, era tão fácil. Bastava comparar seu boletim e o de Robson, sempre cheio de reprovações.

❖

Sonhava receber uma ligação de Ângelo durante as férias de verão, ir aos locais que Ângelo frequentava, se tivesse grana para sair, e ser amigo dos amigos de Ângelo.

E se ficasse muito, mas muito amigo de Ângelo, então poderia confessar que não tinha vontade sexual, que já havia testado e comprovado que não tinha, e que eles não precisavam fazer sexo se Ângelo não quisesse, bastava se deitarem e se abraçarem pela manhã, como ele fazia com os travesseiros em casa quando Robson não estava.

Mas quem telefonou foi Luciene.

Jonathan disse estar ouvindo Suede, mas não que estava era estudando para encantar Ângelo depois do recesso. Para mostrar a Ângelo que Ângelo só tinha a ganhar se se unisse a ele, para que ele pudesse ser merecedor da bênção de sentir por Ângelo a mesma gratidão que Luciene sentia por Júnior.

Mas não levaria a cabo nada disso por enquanto. Não depois de um ano inteiro sendo tido e havido como um garoto igual aos outros.

❖

Tentou não transparecer ansiedade nos primeiros dias de volta às aulas.

Ângelo trouxera novidades em CDs e conjecturava como seria se Morrissey lançasse um álbum produzido por John Cale.

Jonathan não se incomodava com o que tivesse existido entre Ângelo e Ester. Satisfazia-se tão somente em tê-lo assim, cerca de si novamente.

❖

No ano anterior, uma brincadeira que descambou na guerra entre "Zona Sul" e "Baixada" no Técnico B — com direito a uma linha divisória pintada à mão no meio da sala, segregando os estudantes mais ricos dos mais pobres — motivara um remanejamento de alunos, e tanto Bela como Karla, ambas da Zona Sul, passaram a integrar o Técnico A em 1997.

Iniciava-se a parte prática do curso técnico e se formariam grupos simulando produtoras, cada uma responsável por um produto específico de comunicação, fosse rádio, cinema ou televisão, sem prejuízo das matérias regulares.

❖

— Dá licença? — fez um jovem de estatura média e nariz avantajado, à porta, sem tirar o boné do filme *The Mighty Ducks*, pedindo permissão para juntar-se à classe.

Jonathan não pôde deixar de imaginar se Ângelo não acharia aquele um filme decrepitamente infantil.

A aula de Português e Literatura era aplicada em dois períodos contíguos, e o professor, Cláudio Fogace, somente autorizou a entrada porque a interrupção ocorrera no início da segunda metade.

O rapaz tentou passar envergado, mas tropeçou na perna de uma aluna, evitou a queda rodopiando num pé só, arrancando risos e palmas, pediu desculpas guturalmente, apoiou-se entre duas carteiras, tomou impulso para a fileira seguinte e instalou-se próximo aos irmãos Lourense.

Jonathan estava sentado a uma carteira de distância, mas ouviu perfeitamente quando o jovem tocou o ombro de Luis Henrique:

— Perdi muita coisa dessa porra?

— Mais ou menos.

— Caralho, se abalar lá de Madureira pra cá, de ônibus, é a maior merda!

— Vem de táxi... — disse Luis Henrique, irônico.

— Não dá, meu pai trabalha essa hora...!

O mais velho dos Lourense inclinou a cabeça para trás:

— Motorista de táxi, seu pai?

O rapaz respondeu que sim; cutucando-o novamente:

— Qual é a dessa porra, aí?

— Quê?

— A aula.

— Português e Literatura.

— Aí, maior merda; meu pai me passou pra de manhã. Tá de sacanagem...! Essa porra é o quê?

O irmão de Luciene, incomodado pelas sucessivas tocadelas, contraveio mais azedo:

— Português e Literatura!

— Eu sei, mas essa parada...?

— Realismo brasileiro — interpelou Luciene, ao lado.

— Minha irmã... — complementou Luis Henrique.

O jovem cumprimentou a moça por alto, familiarizando-se com o ambiente; olhou na direção de Jonathan, que, sem saber por que, fez um aceno. O garoto não correspondeu, deixando-o com a mão colgada no ar, voltando-se para Luis Henrique, não sem outra cutucada:

— Literatura é chato pra caralho!

— Tô sabendo.

— Qual é teu nome?

— Luis Henrique. E o seu?

— Sérvio Túlio.

— Quê?

— Sérvio Túlio.

2. PARTO VERTICAL

I

Jonathan teve dificuldade em pegar no sono nas noites seguintes. Pela primeira vez, algo o enlevava mais do que assumir responsabilidades numa cidade de fato. Algo que não sabia definir por ora...

Nunca lhe custara tanto concentrar-se nas matérias, mas isso não se devia ao arremedo de pregão repetido pelo aluno novo: "Caneta Bic...! Lápis carpinteiro...! Cortador de unha...!"; "Kendall! Kendall! Olha a meia-calça, donzela!"; "Supositórios Maria Madalena, o alívio da sua pena...!"; ou à mania que tinha Sérvio Túlio de soprar bolinhas de papel amassadas nos dentes por uma caneta armada em zarabatana, nem a suas reiteradas indagações sobre o conteúdo da aula, precedidas de cutucadas impertinentes.

Não, não era simplesmente por isso...

— Suede, Suede, só Suede? — questionou Robson, sem tirar os olhos da partida de *Mortal Kombat*.

— *Coming Up* — informou Jonathan, dedilhando o CD player.

— Música chata! — disse Flávia. — Não dá pra tirar, não?!

— Abaixa isso, Than! — sentenciou a mãe.

❖

— Fala, Jay, beleza?

A Jonathan não desagradou ser chamado assim por Sérvio Túlio, que pavoneava um sorriso bobo recreio afora:

— Conhece o Sunda?

Jonathan concluía que havia gente que jamais poderia se equiparar a Ângelo.

❖

— Aí, Jay, me dá um gole dessa porra! — instou Sérvio Túlio, arrebatando a lata de Coca- Cola e virando uma talagada grossa; agia assim, como se fosse dono das coisas.

Agarrava os colegas por trás, exclamando: "*Teje* preso!", parodiando personagens de teledramaturgia que satirizassem o sotaque nordestino, porque Sérvio Túlio imitava muito bem a tudo e a todos.

Cadu — oriundo da "Baixada" do Técnico B, de cabelos untuosos, gelasina no queixo e fala embebida num pigarro borbulhante — uma vez deu o troco, e ambos se embolaram no corredor, meio gracejando, mas pujantes o suficiente para que outros estudantes parassem e prestassem atenção.

Sérvio Túlio encrencara com Cadu logo nos primeiros dias, apelidando-o "Jerry Lewis" por sua parecença com o astro da comédia, recebendo em troca um rótulo pouco airoso: "Nareba".

— Caraca! — disse Jonathan, sacolejando a sobra insignificante na lata de refrigerante. — Lá em Madureira não existe Coca-Cola, não?

A resposta de Sérvio Túlio foi macaquear uma ave batendo as asas em sentido inverso:

— Naquela porra lá, urubu voa de costas pra não dar mole! Jonathan nunca deixava de limpar escrupulosamente a saliva de alguém do lacre das latas antes de trazê-las de volta à boca, como um homem amadurecido faria.

❖

Nem todos viam graça em Sérvio Túlio, mas havia quem risse muito de suas palhaçadas. Luciene, por exemplo:

— Ele é meio desesperado, mas ele é legal... Tem só que se acostumar...

Não era o que Sérvio Túlio dizia, mas como dizia. Talvez por isso os palavrões soassem tão espontâneos em sua boca. Assemelhava-se a uma criança incapaz de se comportar, tanto que raramente era levado a sério, como quando o professor de Matemática desmereceu sua pergunta a respeito de matrizes por achar que fora feita em tom de gozação:

— Sérvio Túlio, assim a aula não avança...!

A turma assuou a piada que não havia sido feita. Só Jonathan compreendeu tratar-se de uma dúvida genuína:

— Depois te explico.

Sérvio Túlio agradeceu com o polegar pra cima.

❖

— Essa semana não dá, Mundo, meu pai vai levar a gente pra Guarapari — disse Bela a Luis Henrique, em alusão ao desenho feito por Sérvio Túlio dias antes, retratando o irmão de Luciene como um rechonchudo planeta de pernas e braços diminutos, colã, máscara à la Robin, capa e letra M estilizada no peito, junto à legenda: "Super Mundo vai comer tudo!".

O desenho passara de mão em mão até ser interceptado pelo próprio modelo, mas não a tempo de impedir que se lhe grudasse o apelido.

— Semana que vem, então. A galera pode dormir lá em casa... — ponderou ele.

Jonathan achou insólito o voluntarismo com que o colega oferecia a própria residência, em Santa Teresa. Não se lembrava da mãe convidando ninguém para uma visita à casa deles, no Fonseca, mas sim de vê-la bater o telefone na cara de Crica, quando Crica ligava pra lá.

❖

Ângelo se havia associado a Jerry Lewis e a uma jovem chamada Débora; quanto a Karla, fechara equipe com outros três alunos.

Jonathan esperava que o grupo que formara com os irmãos Lourense, Bela e Míriam, escolhesse um nome tão maneiro quanto o que Ângelo escolhera para o seu.

❖

— Mundo?

— Nunca reparou, não?

— Sei lá... Assim...

— Cara, desde o ano passado...

A caminho à Pastelaria Padrão, em frente à ETECOP, Luciene colocava Jonathan a par dos sentimentos do irmão para com Karla:

— Agora que ela passou pra nossa sala, piorou...! Cara, ele fica até meio chocho lá em casa, todo caladão... Haha...

— Mas ela tem namorado, não tem? Tipo assim...

— Não sei de nada... — fez Luciene, mordaz, solicitando um caldo de cana e um pastel de queijo no balcão. — Nunca ouviu ela falando que ela já ficou com uns carinhas, tipo, só pra ver como é que era? Tipo, por curiosidade...

— Não, não, tô por fora... — mentiu Jonathan, porque sim, já ouvira, como todos na escola, e não era por outra razão que a chamavam Karla Porra-Louca.

— Sei lá... Acho que não ia ser muito legal Henrique ficar com ela não, sabia? Ele ia gamar rapidinho e ela *couldn't* pra ele! Que Henrique tem tendência a se apaixonar... Quem vê, daquele tamanhão, não imagina...

— Luis Henrique Lourense... Um "mundo" de paixão!

— Não sei se ela não dá um molezinho pra Ângelo...

Jonathan nada contestou.

— Nunca reparou, não, Jay?

As the smack cracks at your window
You wake up with a gun in your mouth
Oh, let the nuclear wind blow away my sins
And I'll stay at home in my house
I say we are the pigs
We are the swine
We are the stars of the firing line[2]

❖

— Como é que tu passou na oitava série, hein? — indagou Jonathan na aula seguinte de Matemática, ao explicar matrizes a Sérvio Túlio, sem muito êxito.

— Sei lá, tô meio pendurado nessa porra...!

— "Meio" pendurado?

— É, tipo "meio grávido"!

---

[2] Brett Anderson/ Bernard Butler, "We Are the Pigs" © Kobalt Music Publishing Ltd., BMG Rights Management, Warner Chappell Music, Inc.

Também Jonathan fora pego no "*Teje* preso", arreceando que recomeçasse a doutrina de Marzagão e Boca-de-Peixe, mas a impetuosidade de Sérvio Túlio era mais maleável. Tentando livrar-se, aproveitou para requebrar o corpo, exibindo a Ângelo, ali cerca, outros ângulos de sua carne, mas Ângelo andava muito requerido por Bela, que dera para colar-se a ele em qualquer oportunidade, e não atentava ao que ocorria pelos cantos do corredor.

Little lamb
On a hill
Run fast if you can
Good Christians, they wanna kill you
And your life has not even begun!
You're just like me, you're just like me
Oh, your life has not even begun[3]

— Jonathan, abaixa essa música! Que troço chato!
— Já vou, mãe...

❖

— As produtoras já têm nome? — indagou Geraldo Magela, professor de Marketing; alguns alunos levantaram a mão.
— Puma! — disse um.
— Fórmula 3! — disse outro.
— Zênite!— disse Karla.
— Spellbound! — disse Ângelo.
Jonathan estava justamente ouvindo o *Juju*, fazendo os deveres de casa. Míriam reclamou:

---

3 Andy Rourke/ Steven Morrissey, "Yes, I Am Blind" © Warner Chappell Music, Inc., BMG Rights Management.

— Mundo, o nome da nossa...?!

— Lá em casa a gente vê isso.

Geraldo Magela prosseguiu:

— O que eu quero é que vocês entendam que o mais importante, no meio em que a gente tá, é a comunicação, ok? Não adianta eu ter a melhor proposta, a melhor máquina, a melhor equipe, se eu não utilizo isso para co-mu-ni-car! Quer dizer, não adianta eu pensar um nome X, se o nome não vende uma ideia, ok?

Bela, sempre nas carteiras da frente, deu sua contribuição:

— Pois é, tanto que tem aquele negócio, tipo assim: maisena é com Z ou com S?

O instrutor cruzou os braços:

— Alguém sabe?

Um rumorejo alternava as duas opções, quando Sérvio Túlio voltou do bebedouro, sendo interpelado pelo professor:

— Sérvio Túlio!

O rapaz fez uma continência gaiata:

— Sim, senhor, sargento!

— A colega aqui tem uma questão — disse o professor, convocando Bela a repetir pergunta.

— Maisena é com Z ou com S? — disse ela.

— Haha! Pô, zezaço na parada! Mal aí! Essa até minha avó falecida sabe! — respondeu Sérvio Túlio, com certeza fulgurante.

Todos volveram-se para a menina, que assegurou ser perfeitamente escutada, em especial por Ângelo:

— Então, Maizena com Z é a marca. Maisena com S é a maisena mesmo, quer dizer, a farinha...

— Muito bem... — atalhou o professor. — A farinha de amido de milho que a gente usa pra cozinhar, essa é a maisena com S, e a marca Maizena, com Z. Quer dizer, que o nome da marca é o nome do próprio produto que ela comercializa, só que... O quê? Per-so-na-li-za-do, ok? Quer dizer, eu não deixo dúvida de qual produto eu tô vendendo! Que que eu tô vendendo? Maisena. O que que eu compro? Maisena. Qual é a marca que eu procuro quando eu quero comprar maisena? Maizena, ok?

Alguém perguntou se antigamente a palavra não se escrevia com Z, assim como "farmácia" era com PH. Geraldo Magela salientou a pouca importância desse dado pela ótica da relação com o cliente.

Bela pesou em Ângelo o efeito da intervenção, mas o rapaz anotava qualquer coisa, e Sérvio Túlio não quis regressar a seu lugar sem mimoseá-la:

— Beleza, brigado aí, Maisena!

A casquinada universal a humilhou.

O professor não parou por aí, arguindo Sérvio Túlio sobre estratégia de venda.

— Pô, vender é mole, é só botar uma banca, assim: Supositórios Maria Madalena...

— Só supositório, só? — disse alguém.

— Segunda, quarta e sexta, supositório — emendou Sérvio Túlio. — Terça, quinta e sábado, Depy Line! Depila barba, depila sovaco, depila pentelho, depila a porra toda...!

Mais risos. Magela foi evasivamente categórico:

— É, é aquilo, nem todo mundo tem, digamos assim, talento — enfatizou a palavra "talento" — pra comandar um departamento de Marketing...

Jonathan riu, de início. Depois, nem tanto, uma vez que Sérvio Túlio não atinara para a indireta.

— E domingo, nada? — assanhou-se Jerry Lewis.

— Domingo, desentupidor de borbulha Jeba Santa, pra desentupir tua garganta!

❖

Sérvio Túlio coçou a cabeça.

— 90°, igual a 1 — repetiu Jonathan. — Sacou?

— Mais ou menos...

A classe afrontava o mistério por trás de uma carga positiva que penetra com velocidade $\vec{V}$ o ponto A de uma região em que existe um campo magnético uniforme $\vec{B}$. Jonathan dava instruções ao colega na carteira ao lado:

— Olha, presta atenção: o ângulo entre $\vec{B}$ e $\vec{V}$ é 90º. 90º é igual a 1.

— Por quê? — intrigava-se cada vez mais Sérvio Túlio.

— Porque é! É o que tá desenhado lá no quadro, olha lá!

Sérvio Túlio comparou o gráfico em seu caderno com o do quadro negro, feito por Rogério Wanis, um professor de Física pouco ortodoxo.

Jonathan sofreu para identificar o exercício entre os rabiscos e caricaturas no caderno do jovem — entre elas, uma de Jay Kay:

— Tu esqueceu essa linha aqui, ó!

Fixou o amigo por longo tempo, e não saberia explicar por que, mas assim, retraçando as linhas da figura como quem aprende a grafar o próprio nome, Sérvio Túlio pareceu-lhe, de certo modo, indefeso perante o mundo...

❖

Se pudesse, explodiria a televisão na sala, livrando-se da batelada de duplas sertanejas e pagodeiros que o atormentavam quando estava em casa.

Lamentava que Ângelo tivesse parado de editar o *T.V. Eye*...

❖

— Sérvio Túlio, por favor!

Ao ouvir a admoestação, Sérvio Túlio imergiu na carteira, escamoteando o riso nervoso; um tipo de efeito colateral, surgido a cada vez que se encontrava tenso.

Gedel, o professor de Química — gordo e suarento, calvo mas peludo nas costas e nos braços —, usava suspensórios e era bem menos lasso em relação à disciplina:

— Acho engraçado pagar pra assistir aula e ficar fazendo desenhinho, assoviando... Faça-me o favor...! Isso é porque vocês não dão valor ao dinheiro dos pais de vocês!

Sérvio Túlio ergueu a fronte, mais controlado. Enfiou o rosto nas mãos em posição de reza:

— Depy Line... Depy Line... Depila sovaco... Depila pentelho...

Gedel não conseguiu pilhar o motivo da cornetada desta vez.

❖

A mãe falava baixinho ao telefone, ajeitando os cabelos com a mão, como se pudesse ser vista do outro lado da linha.

Jonathan auscultou um nome no meio da conversa: Rui. Quem seria Rui? Estaria a mãe a fim de construir um novo relacionamento?

❖

— E Gedel? E Gedel? — aplaudia Luciene.

Sérvio Túlio andejou como se tivesse os fundilhos sujos, espichou suspensórios imaginários e avantajou o maxilar, características do professor de Química. A seguir, fez a entonação pegajosa de Zoghby, o professor de Geografia, passando a mão gelatinosamente pelos braços da menina:

— *Nosssssa*... Como a amiga está bonita *hojjjjjje*... Que *ooooolhos* mais *lindosssss*...

A irmã de Luis Henrique arquejou comicamente:

— *Aaaaai!* Que horror! Sai pra lá!

Sérvio Túlio havia imitado vários professores, para deleite

de Luciene e Jonathan, que comprara um lanche na pastelaria em frente.

— Aí, Jay, me dá um pedaço desse joelho, aí.

Jonathan não entendeu bem. Sérvio Túlio tomou-lhe a merenda, um "joelho", salgadinho feito de massa de pão recheada com presunto e queijo, vendido em praticamente todas as lanchonetes cariocas, conhecido na vizinha cidade de Niterói como "pão italiano".

Divergiam os três sobre o nome do petisco, quando Míriam passou ao longe, com uma lata de Coca-Cola. Sérvio Túlio gesticulou, pedindo um gole. A jovem redarguiu virando a lata de ponta cabeça, mostrando que estava vazia.

— Porra, Bujão, sacanagem... — disse Sérvio Túlio, sem que Míriam pudesse ouvir.

Jonathan engasgou devido ao riso, e Luciene fingiu a chantagem:

— Vou contar pra ela amanhã...!

— Pode contar, na minha casa é fogão elétrico!

II

Jonathan não chegou a ouvir de todo a conversa: "Se ligar de novo, vou chamar a polícia..."; achava que ouvira isso mesmo, "polícia".
A mãe quase esfacelou o aparelho ao bater o fone no gancho. Jonathan chegava da ETECOP:
— Quem era? — indagou Jonathan.
— Bruaca! — fez a mãe.
— Crica?
— Esquece isso, Than!

— Eu posso pedir o celular da minha mãe emprestado — disse Míriam. — Mais fácil pra marcar...
Bela abraçou os cadernos contra o peito:
— Muito brega, gente! Eu nunca teria um celular!
Míriam a olhou por cima do ombro:
— Ângelo que o diga...
Depois de outro adiamento, Mundo, Lu, Jay, Míriam, vulgo Bujão, e Bela, ou melhor, Maisena, buscavam uma data em que se pudessem reunir na casa de Santa Teresa.

— Gente, *tamo* demorando muito a ver isso...
— O trabalho é só pro final do ano, garota — contrapôs Luis Henrique à queixa da irmã.
— É, mas fica protelando, fica protelando... — insistiu ela.
— Alguém já pensou num nome pra produtora?
Bela deu um passo à frente:
— Stardust.
— Discordo! Muito estilozinho Ângelo... — disse Míriam, sugestivamente. — Deixa o menino respirar...!
— Ai, nada a ver! — defendeu-se a jovem. — Não sei de onde é que vocês tiraram essa bobeira!
Míriam foi mais fundo:
— Curtiu que ele tá solteiro...!
Bela teve dificuldade em dissimular:
— E daí? Não sabia nem que ele tinha namorada...! Nem me interessa!
— Maisena, não cola, não, tá? — debochou Míriam.
Todos caçoaram. Maisena também, ainda que entre os dentes.

Jonathan passava muito mais tempo sozinho no quarto estudando do que com a família na sala, mesmo que, na verdade, só escutasse por horas a fio sua coleção de fitas e CDs. E por que não se perturbara tanto ao saber que Ângelo e Ester haviam terminado? Seria essa a razão pela qual o fanzine deixara de ser impresso?

— Niterói é foda! Tem que botar passaporte nessa merda! Porra, pão italiano é foda...!
— É com essa boquinha suja que você beija sua mãe, é? — increpou Luciene.

Sérvio Túlio não respondeu. Jonathan notou-lhe certa inflexão à menção da mãe, recebendo a lata de Sprite que o rapaz lhe devolvia depois de subtrair um generoso sorvo. Restavam apenas os três na calçada. Sérvio Túlio cutucou a jovem:

— O grupo de vocês já tem nome?

— Mais ou menos — disse ela.

— Caralho, pensei um nome muito maneiro, olha só: Câmera 1.

Jonathan submeteu a proposta mentalmente à aprovação de Ângelo, e não achou que fosse homologada. Luciene desconversou:

— É, sei lá... Sexta-feira que vem a gente vai lá em casa pra ver esse treco...

Sérvio Túlio abriu os braços em arco no ar, como se desabrochasse um letreiro da Broadway:

— Câmera 1! Porra, não achou maneiro, não?

— Legal... — disse Jonathan, sem entusiasmo. — Por que você não bota esse nome no teu grupo mesmo?

— Eu não tenho grupo, porra...

— Pensei que você tava no Puma...

— Porra nenhuma, *compade*, não deu pra eu entrar, tava cheio já, aquela merda...

Almerinda, a professora de História, estava de novo atrasada. Sérvio Túlio disputava o arroto mais sonoro com Vernon, um rapaz do fundo. Luciene, que fora puxada por Bela ao estribo do bebedouro para auxiliar no debate com Karla sobre o uso do sutiã, explicou a dificuldade que tinha em desprender-se da peça:

— Sei lá, acostumei. Às vezes, até pra dormir eu uso!

— Ai, que escroto, pelo amor de Deus...! — disse Karla, abrindo a blusa para expor a marca entre os seios. — Machuca muito, olha só...

A ação não passou despercebida por um aluno pertencente à turma de Master.

— Perdeu alguma coisa aqui por acaso, moleque?! — fez Karla, rispidamente.

O jovem abandonou o local.

— Moleque escroto!

— Também, mostrando o biquinho do peito assim... — disse Bela, melindrada pelo desembaraço da amiga.

— Maisena, na boa... Nem que a gente tivesse pelada, aqui, no meio do corredor!

Em outro trecho do passadiço, Jonathan, sintonizado nas três, fingia interesse no papo de Jerry Lewis.

— Dormir de sutiã, nem pensar...! — disse Karla.

— Sei lá, acostumei.

— Seu namorado não reclama, não?

— Júnior? Tipo assim...

— Ele não gosta de dormir mamando seu peitinho, não?

Ambas riram. Bela tentava aparentar naturalidade — suspeitava-se que era virgem.

— Tem quem prefira amido de milho... — disse a Porra-Louca à aproximação de Ângelo.

Jonathan, mesmo dividindo a atenção com Jerry Lewis, fisgou a insinuação à assiduidade com que Bela era vista em companhia do rapaz.

Ângelo, vestindo uma camisa dos Sex Pistols, alisou a franja e entregou a Bela um CD queimado por ele:

— Psychedelic Furs, aquela banda que eu tinha te falado... Esse disco é o que tem "Love My Way". Chegou a ouvir o *Disintegration*?

— "Pictures of You"! Amei!

— Som deprê! — intrometeu-se Karla.

Ângelo premiu os lábios:

— *"The thing that makes you good is also the part which will destroy you"*...

Jonathan juraria que conhecia o verso, só não lembrava de qual música do Cure.

— Se quiser, posso gravar alguma coisa, sei lá, já ouviu Pulp?

Karla desfez da oferta; tratava Ângelo com desdém, como a todos os meninos, embora houvesse ficado com ao menos dois caras do colégio naqueles primeiros meses, apesar do atual namorado, que a buscava de carro:

— Conheço, na boa, pode ficar tranqui... — foi interrompida pelo encontrão de Sérvio Túlio, que fugia de um giz arremessado raivosamente por Wellington, membro da equipe Zênite, a quem apodara "Areia Mijada" devido à acne que lhe esburacava o rosto.

— Caralho, mal aí, galera! — disse Sérvio Túlio, entoando para o adversário uma insigne canção: — *"Filho da puta não me taque pedra/ Que a tua mãe está no mangue/ Com a boceta escorrendo sangue..."*

— Ai, que escroto, garoto! Volta pro jardim de infância, volta! — fez Karla. O jovem escapou a outro dardo, evadindo-se pela escadaria próxima.

Luciene minimizou:

— Haha... Ele é meio desesperado, mas ele até que é legal...

— Garoto escroto! — recalcou Karla.

Bela disse achá-lo chato demais para seu gosto, pela mania de falar cutucando, mostrar comida mastigada dentro da boca e soprar bolinhas de papel com a caneta, basicamente porque o papelzinho chegava babado.

— Ele é do grupo de vocês? — quis saber Karla.

— Deus me livre! — disse a irmã de Luis Henrique, antes de dirigir-se a Ângelo: — Eu pensava que ele tava no seu.

— Não, não, o Spellbound tá completo, a gente até deixou entrar mais um, mas agora... *"Maybe in the next world"*.[4]

---

4 Steven Morrissey/ Johnny Marr, "Death of a Disco Dancer" © Warner Chappell Music, Inc., Universal Music Publishing Group.

— Muito escroto, *darling* — prosseguiu Karla. — Não, tipo: "Garoto, pensa antes de falar merda!". Ai, me poupe! Ele quis entrar lá no Zênite, mas não rola! Na boa, se ele entra, eu saio! Cara, e ele levando esporro? Não, sério, até eu fico com vergonha! O "dia do chico", gente…?!

❖

O "dia do chico" tivera lugar duas semanas antes, durante a aula de Geografia.

A aluna Pâmela, uma piauiense de cabelos ondulados, ingerira comprimidos para combater uma indisposição e passara a manhã de cabeça baixa, sendo eximida de uma arguição em função do mal-estar. Sérvio Túlio descarregou:

— Porra, da próxima vez, vou vir menstruado também, pra não precisar responder!

— Como é que é? Que que você *disssse*? — inquiriu o professor. — Que negócio é essse, *rapazzz*?!

Solteiro, Zoghby fazia todo o possível para andar à última moda, muitas vezes em desacordo com seus trinta e poucos anos.

Diferia o trato entre alunos e alunas, às quais dispensava delicadezas acima do grau recomendado, chegando a acariciar-lhes os braços ou tocar-lhes os cabelos quando corrigia as lições, atitude que as repugnava e que Karla considerava asquerosa, achacando-o de velho babão e escroto.

Posava de paladino e, semanas antes, oferecera-se a pagar a passagem de uma estudante — Raíssa, aluna de Master — com quem coincidira na roleta do ônibus. A menina não só não aceitou como não se furtou a espalhar a anedota no dia seguinte, os minutos gosmentos com Zoghby ao lado: "Seus *ooolhosss*, puxa, *lindossss*…"

Sérvio Túlio não conseguiu conter o riso que o traía sempre que se achava sob pressão.

— Tá rindo do quê? Tem algum *palhaççço* aqui na frente, por *acassso*?

— N-não, tava brincando só...

— Só pra você saber que aqui não tem nenhum *palhaççço*!

— Não, mas...

— Que modos são *essses* com a colega?

— E-era brincadeira, Zoghby, foi mal... Aí, Pâmela, foi mal, na boa...

Devido ao nervosismo, a dicção de Sérvio Túlio adquirira certo tom de sarcasmo, e assim também interpretou o professor:

— Não *cansssou*, não?

A vermelhidão no rosto do aluno atestava seu sincero arrependimento. Pelo menos, era o que figurava Jonathan.

— Escuta aqui, levanta, aqui, um *minutinhooo*, vem cá... — disse Zoghby, por fim. — Vai ali pra fora um *minutinhooo*, vai...

— Não, mas...

— Você está muito alterado! Quer saber? Vai lá pra fora, toma uma *águahhh*, na próxima aula você volta. Depois a gente *conversssa* lá na *secretariahhh*.

— Não, mas...

— Pra fora! Pra fora! Depois a gente *conversssa*.

Falava como se enxotasse um inseto. Sérvio Túlio ergueu-se com um resíduo de sorriso, passando pela colega que não se incomodou em responder nada quando ele lhe disse:

— Mal, aí, Pâmela.

Abriu a porta, crivado por olhares de reprovação, e saiu. Jonathan achou um exagero. Uma injustiça.

Almerinda desculpou-se pelo atraso. Sérvio Túlio escudou-se nela, obrigando Areia Mijada a cessar o ataque.

— Depois me diz se curtiu... — disse Ângelo, voltando a sua carteira.

— Pode deixar — respondeu Bela.

Jonathan não teria condições de repetir uma só das fórmulas de Jerry Lewis para jogar *Claw*.

— Entendeu? Cara, aí tu só fecha aqui, assim, ó, e senta o dedo! *Pow! Pow! Pow!*

— Maneiro, meu irmão joga direto — disse Jonathan.

Houve tempo para que Sérvio Túlio embarafustasse pelo corredor, chutando uma bola de papel amassado, atada com durex. Jonathan estirou o pé para roubá-la com bem pouca eficiência. Sérvio Túlio plantou-lhe a mão no peito, encenando um jogo de Copa do Mundo.

Jonathan não aproveitou para exibir o corpo a Ângelo desta vez. A professora berrou para que sossegassem.

Tomaram seus lugares. Jonathan não perdia Karla de vista, sondando seu interesse em relação a Ângelo, como alertara Luciene dias antes. Lamentou pela meiguice de Maisena, mas continuava preferindo a beleza da Porra-Louca.

No entanto, o que mais lhe vinha à mente era a forma como Karla se referira a Sérvio Túlio minutos atrás: "escroto". "Escroto", repetia mentalmente. Escroto...

Sopesou Sérvio Túlio, que mangava da incompetência de Areia Mijada em alvejá-lo. Sentia ainda no peito a mão do colega.

Não... Sérvio Túlio não lhe parecia escroto.

III

Ignorava Míriam o apelido Bujão? Ou fingiria ignorar?

Era política do colégio desautorizar a entrada dos alunos atrasados, permitindo-a somente no intervalo entre duas matérias, como ocorrera naquela manhã com Sérvio Túlio, que só pôde subir após os dois períodos da aula de Português e Literatura, juntando-se aos irmãos Lourense, Bujão, Maisena e Jonathan no corredor.
— Sabe qual é a melô do leproso? — retumbou ele. — *"Jogue suas mãos para o céu...!"*[5]
Os colegas, no entanto, tinham outras prioridades.
— Em que parte aparece isso? — perguntou Bujão.
— Em algumas partes até rola, mas, tipo assim, muito de leve — disse Maisena.
Sérvio Túlio quis saber qual era o papo. Luciene explicou que Fogace encomendara um trabalho sobre *O Ateneu*.

---
[5] Hyldon Silva, "Na Rua, Na Chuva, Na Fazenda" © Warner/ Chappell Edições Musicais Ltda.

— Puta merda, chato pra caralho!

Única que havia lido o livro, assim como Jonathan, que o fizera duas vezes, Maisena franziu a testa:

— Já leu?

— Tá de sacanagem?! Já é chato sem ler, imagina lendo aquela merda!

A jovem retomou o tema junto ao grupo:

— Nada a ver, em hora nenhuma diz que ele é gay.

Sérvio Túlio pateou:

— Sabia que Fogace era chegado numa boiolagem...!

Jonathan seguiu à risca o plano de não deixar transparecer nada que o delatasse:

— Haha, pior que tem a ver, sim, não é por nada não...

— Ai, gente, nada a ver... — defendia Maisena.

— Na hora que o Bento Alves mete o pé na frente daquele cara, assim; que o Sérgio olha, assim, tchan!: "Era o Bento Alves!". Maior veadagem! Não posso fazer nada! — disse Jonathan, da forma mais madura que conseguiu, ridicularizando o fascínio com que Sérgio, protagonista do romance, narra a aparição do personagem Bento Alves, de quem se aproxima afetivamente no transcurso da história.

Sérvio Túlio não se conteve:

— Puta que o pariu! "Em hora nenhuma diz que ele era veado"?! Saquei! "Era o Bento Alves"! Haha! Aí, posso fazer o trabalho com vocês?

Os demais se entreolharam.

Geraldo Magela apontou pelas escadas, e os alunos começaram a retornar às carteiras.

— Tu já não tem grupo? — indagou Mundo.

— Porra, queria entrar no de Jerry Lewis, mas neguinho *coudn't*! O de vocês...

— O nosso tá completo! — expediu Maisena.

Ocuparam os lugares de sempre: pelo meio, Mundo; Sérvio Túlio, logo atrás; Luciene, ao lado, à direita, tendo Maisena e Bujão mais à frente e Jonathan, na fileira à esquerda dos rapazes, a uma carteira de distância.

Magela voltou ao tópico da aula anterior:

— Então, a gente tinha falado a questão de definir a cara que a empresa tem, não é isso? Vamos começar pelos nomes dos grupos, ok? Acho que... Eu lembro que já tinha um...

— Spellbound! — prontificou-se Ângelo.

— Isso, verdade... Spellbound. Exato. Alguém mais?

O professor foi enumerando os nomes no quadro negro:

— Spellbound, Zênite, Puma, Fórmula 3...

— Stardust! — fez Maisena.

Os alunos se haviam organizado assimetricamente, com mais integrantes em uma equipe que em outra. Spellbound contava com quatro membros, e Fórmula 3 com apenas três; Stardust e Zênite tinham cinco, já Puma, sete.

— Calma, não é obrigatório o mesmo número de alunos em cada grupo, ok? A gente quer que vocês exercitem a afinidade, que o pessoal se vincule pelo que tem em comum. Mas esse é outro papo, a gente vai ver isso mais pra frente, ok? Agora eu queria ver com vocês essa coisa dos nomes, queria que vocês justificassem por que esses nomes comunicam melhor a ideia que vocês querem passar, ok? Aqui, começando aqui. Spellbound, né? Pode explicar pra gente por que vocês escolheram esse nome?

A expectativa de Jonathan só não era maior que a de Maisena. Ângelo ergueu-se:

— Bom, a gente acha que esse nome é a cara da gente e... Bom, é a música de uma banda. Assim, a gente queria passar uma ideia de que, meio, *"You have no choice"*, assim, não tem jeito, é o Spellbound! *"We are entranced/ Spellbound"*![6]

— Ah, tá. Quer dizer "fascinado", "encantado", não é isso?

— É, mais ou menos isso.

---

6 Siouxsie/ The Banshees, "Spellbound" © Chrysalis Music Obo Dreamhouse Music Ltd.

— Produtora Fascinada.

— Isso, mais ou menos…

— Por que vocês estão fascinados?

Ângelo não soube como interpretar a pergunta.

— Se vocês estão oferecendo alguma coisa ao público, a lógica não deveria ser inversa? Quer dizer, ao invés de vocês estarem fascinados, não deveriam oferecer a fascinação ao cliente?

O aluno conservava-se tíbio. Magela prosseguiu:

— Se a gente invertesse essa lógica, tipo, *spellbinding, a spellbinding production*, "que encanta", uma performance que encanta, que fascina, quer dizer, quando eu digo *spellbound*, o que eu entendo é que a equipe já tá fascinada por alguma coisa, ok? Já se encontra meio em estado de fascinação, sabe o que eu quero dizer? Por causa da conjugação do verbo, ok? "A produtora fascinada", não "a produtora fascinante". Você não acha que isso faz o nome perder força? A produtora se deixa fascinar? Ela já está fascinada? Nesse caso, pelo quê?

Nem Ângelo, nem os outros membros do Spellbound haviam previsto nada que respaldasse a opção.

Jonathan e Maisena estavam atônitos. Sérvio Túlio, indiferente, desenhava sem parar em seu carcomido caderno.

Ângelo passou a mão continuamente pela franja:

— Não, mas a ideia era fazer uma referência a essa banda…

— Tipo uma homenagem?

— Bom… Tipo assim…

— Não é uma homenagem?

— É. Mais ou menos…

— Em que essa homenagem ajuda a gente a vender a marca?

— Não, tipo assim… A galera que conhece a banda vai se ligar na hora, assim, "*Following the footsteps*".

— A ideia é se comunicar com X pessoas, que conhecem essa banda?! Direcionar a proposta só a um tipo de público?

A tensão crescia.

— Não, quer dizer, não é obrigatório conhecer, mas…

Geraldo Magela caminhou em círculos:

— Olha só, eu não tô aqui pra dizer o que é bom e o que é ruim! Tudo pode ser legal, mas a gente precisa encontrar um sentido pra aquilo, ok? Quer dizer, eu tô vendo que tem, de repente, um maior valor que a gente tá dando a determinadas coisas, mas esse valor pode não condizer com a exigência do Marketing, ok?

Os alunos auguravam o que teriam de amargar. Ângelo investiu:

— O lance era fazer referência a uma coisa que a galera acha legal, assim...

— Pois é, mas nesse caso a gente tem que ver se isso não reduz a possibilidade de eu me comunicar com um número maior de pessoas, se não limita meu campo, ok? Quer dizer, que a gente possa dar um passo além daquilo que a gente simplesmente acha "legal".

Era isso! Jonathan sabia que conhecia aquela frase: *"The thing that makes you good is also the part which will destroy you"*, mas não de nenhuma música! Era uma entrevista! Uma entrevista do Lol Tolhurst, na *Record Collector*!

Sentia-se algo frustrado com Ângelo...

Maisena, ao contrário, não se pejaria em consolar o rapaz docemente. Karla conjurava-se com os membros do Zênite.

Sérvio Túlio, enfastiado, desenhava, murmurando:

— Depy Line, Depy Line... Depila sovaco... Depila pentelho....

Uma a uma, as designações foram analisadas em seus prós e contras; o Zênite tomou conhecimento só a partir de então do significado do vocábulo, depois que o professor apoiou verticalmente uma régua na cabeça de Areia Mijada; Fórmula 3 tentava sacar partido de sua associação com esportes automobilísticos, e a equipe Puma estava em plena dúvida sobre a ressonância com o reino animal.

Mundo apelava a uma segunda opção.

— Stardust dá pra explicar legal! — advogou Maisena.

— "Era o Bento Alves"! — intrometeu-se Sérvio Túlio, sem efeito.

Bujão escreveu numa folha de caderno: "Família S.A.". Todos torceram o nariz!

— A gente podia ter pensado em alguma coisa hoje de manhã — disse o irmão de Luciene.

— Eu não; só cheguei agora! — interveio Sérvio Túlio.

— Quem mandou morar mal?

— Não fode, Mundo, pra você é fácil, que tu vem rolando.

— Em vez de ficar falando merda, não tem um nome aí, rapidinho, não?

— Câmera 1.

— Discordo! Muito insosso! — retrucou Bujão.

— Stardust é legal! — sustentava Maisena.

Sérvio Túlio esfolheou o enxovalhado caderno. Uma das páginas chamou a atenção de Areia Mijada, que regressava a seu assento.

Geraldo Magela deu vez à equipe restante.

Areia Mijada agachou ao lado de Sérvio Túlio, pedindo o papel para si, uma caricatura de Super Mundo, perseguindo Luciene, Bujão, Maisena e Jay ladeira abaixo.

Maisena ergueu a mão:

— Nosso nome é Stardust, assim, que é um nome bem legal, assim... A pessoa para e olha, assim, fala: "pô, Stardust"...! Tipo, "o pó das estrelas", "poeira estelar", assim, tipo música, uma coisa que cai, assim, do céu, que deixa tudo diferente...

— Pó de maisena! — fez Jerry Lewis, tocando o nariz, como um usuário cocaína.

O professor pediu silêncio:

— É, não acho ruim... O que acontece é que todos esses nomes...

Sérvio Túlio fazia ademanes que exprimiam a imensidão do corpo de Luis Henrique, enquanto o papel corria por toda a classe:

— Cuidado, salvem suas vidas! Super Mundo vai comer a porra toda!

Magela interferiu:

— Sérvio Túlio, olha, francamente, assim não vai dar! — o rapaz baixou a cabeça. — Então, como eu tava dizendo, não acho ruim, ok? Não tô aqui, tipo tirano, dizendo "isso é bom, isso é ruim" e tal, ok? Mas é que todos esses nomes, assim... Isso é David Bowie, né?

Maisena admitiu que sim.

— Pois é... Então, é aquilo... A gente tem que avaliar se as pessoas têm uma vivência, têm noção básica... No Brasil, a população tem acesso a esse tipo de coisa?

Mundo viu apenas de relance a ilustração roteando as carteiras. O professor subiu o tom:

— Quer dizer, será que a gente não conseguia pensar em um nome mais objetivo...? Eu sei que é difícil, ok? Mas será que a gente não conseguia pensar em um nome que não tivesse sujeito ao acesso ou não do público a determinadas coisas? Será que a gente não conseguia...

— Câmera 1! — atreveu-se Sérvio Túlio.

O docente estaqueou:

— Como é?

— Câmera 1 — repetiu o rapaz.

O desenho passando de um aluno para outro fomentava hilárias interjeições.

— Câmera 1... — disse baixinho o professor, aferindo a sonoridade do título. — Câmera 1... Não é um nome muito original...

Maisena, Bujão e boa parte da turma reservaram a Sérvio Túlio slogans que iam do regozijo à compaixão por sua tentativa falida.

— Mas veja bem... — disse Magela. — De todos que a gente viu, é o que melhor comunica, ok? Queria saber do aluno, o que que esse nome tem, por que esse nome é interessante.

Sérvio Túlio coçou o pomo de Adão:

— Ah, sei lá... Tipo assim, eu pensei, assim, tipo uma câmera principal, assim, a que é a principal pra dar a notícia, a que chegou primeiro, a "câmera 1"; não a 2 ou a 3, assim... Foi só isso que eu pensei, só...

Ouviram-se risinhos.

— Não cansa de passar vergonha, não, garoto...? — disse Karla.

Geraldo Magela atirou um giz no aparador do quadro negro:

— Pois olha, de onde menos se espera, às vezes vem alguma coisa que preste... O professor deu início a uma explanação sobre objetividade na mídia.

Jonathan sentiu uma incomum felicidade pelo desempenho do colega — talvez porque, no fundo, se apiedasse pela forma como o rapaz havia sido expulso de classe no "dia do chico" — precisamente quando a folha com as caricaturas veio parar em suas mãos.

No recreio, os Lourense orientavam o grupo, oficialmente batizado como "Câmera 1", a chegar em Santa Teresa — Sérvio Túlio fora finalmente tolerado como membro.

Para enfado de Maisena, arrotou ele bem alto o refrigerante que roubara de Jonathan, a quem prendeu por trás:

— *Teje* preso!

Jonathan não se preocupou em limpar a saliva do lacre da lata antes de pô-la de volta na boca dessa vez.

IV

As condições eram favoráveis. O bairro de Santa Teresa, localizado no alto da serra entre a Zona Sul e o Centro da cidade do Rio, é acessado por meio de uma antiga linha de bondes, além de ônibus e kombis em esquema de lotação.

Quer dizer, Jonathan não sabia se as condições eram favoráveis. Em todo caso, d. Wilza, mãe dos irmãos, recebeu a todos transbordando amabilidade, mesmo acanhada em chamá-lo de "Jay":

— Jonas, pode ser Jonas?

— Pode, tia — disse ele, com bondade.

Não por ser o único a ter lido *O Ateneu* duas vezes condescendera em ficar a cargo do resumo do livro praticamente sozinho, mas porque da mesa onde se instalara na sala de estar podia observar, pela janela que dava para a área externa, transpondo a varanda gradeada, Sérvio Túlio no meio da galera, com o boné preto de *The Mighty Ducks*, sob um pé de sapoti que nascia na casa vizinha, mas cuja sombra recaía providencialmente naquela espécie de pátio ou quintal revestido de cerâmica.

Havia refrigerante e cerveja, consumida pela dona da casa numa caneca de alumínio. Linguiça calabresa, bolinho de bacalhau e farofa de ovo.

Bujão, de macacão jeans, mastigava o tempo todo. Luciene e Maisena fuçavam cadernos e livros à procura de generalidades sobre Raul Pompeia.

— Da próxima vez, vocês vêm de roupa de banho, pra entrar na piscina — disse d. Wilza.

Um camisolão lhe cobria o corpo arredondado, e a cadela Esquila Maria, uma perdigueiro e mais sabe-se lá o quê, nervuda e ágil, enroscava-se-lhe as pernas.

❖

Era um domicílio de dois andares, erigido abaixo do nível íngreme da rua Miguel Rezende, ocupando a encosta na interseção com a rua Santa Catarina, sobre a qual os fundos da residência se elevavam a sudoeste. Reformada diversas vezes segundo a arbitrariedade de proprietários anteriores, contava com um tanque piscina de alvenaria em cuja borda oposta à escadaria que conduzia ao portão havia um quartinho reservado ao pai de d. Wilza, seu Wilson, funcionário público aposentado e verdadeiro provedor da casa.

— Legal aqui, hein, Mundo? — disse Sérvio Túlio da amurada voltada ao Sambódromo e Catumbi. — Tá tudo dominado, *compade*!

— Melhor que Madureira? — fez o irmão de Luciene.

— Porra, na minha área, urubu voa de costa! Tá de sacanagem!

Ao entardecer, Jonathan punha mais empenho no dever, como se a mãe não lhe houvesse permitido, até muito facilmente, dormir fora de casa.

— A tia vai buscar um abajur pra você... — disse d. Wilza.

— Não precisa, tia, já tô quase acabando...

— A tia pega.

As meninas vieram despedir-se. O pai de Maisena, que tinha fama de brabo, a buscaria de carro, e Bujão aproveitaria a carona. Luciene brincava com Esquila, e Mundo se confinara no quarto.

Jonathan sucumbiu à entrada de Sérvio Túlio na sala, vindo em sua direção. E Sérvio Túlio vir em sua direção lhe congestionou todo o campo de visão; não podia enxergar nada mais, a não ser Bujão, porque Bujão cravou em Sérvio Túlio um olhar de cadela no cio — isso ele enxergou direitinho.

— Qual é, Jay, beleza? Bento Alves já liberou o anel na parada?

— Assim, precisa mudar um pouco quando for passar a limpo, pra Fogace não ver que foi copiado do mesmo lugar...

— Demorou! Só mandar assim: "Era o Bento Alves!". Fogace já vê que rola uma veadagem, tá safo, nota dez! — Sérvio Túlio vinha empregando o termo "Bento Alves" para todo tipo de coisas relacionadas a homossexualidade. — Na boa, não sei como é que tu aguenta! Eu leio uma parada dessa, quando chega na metade, já esqueci o começo; quando volto no começo, já esqueci a metade!

— Haha! Eu também, Servinho, detesto ler, nunca gostei! — asseverou d. Wilza, conectando o fio do abajur à tomada da parede.

Maisena bateu palmas:

— Gente, que que ficou resolvido, hein?

— Henrique! — fez Luciene; o irmão não respondeu. — Henrique! O treco da produtora!

D. Wilza foi até a porta do quarto com toda docilidade:

— Henriquinho, tá perguntando da produt...

A malcriação do rapaz, algemado ao PC, pasmou a todos:

— Não sou surdo, não!

A mãe retrocedeu, vexada. Instantes depois, o filho irrompeu no recinto para desafiar Sérvio Túlio:

— Aí, mané, se garante no *Quake*?

Maisena ergueu a voz:

— Peraí, gente, o que que ficou resolvido? A equipe vai ser o quê?! Agência?

— Telejornal! — disse Mundo.
— Ah, discordo! Muito melhor agência de publicidade! — interveio Bujão.
— Telejornal! — impôs o irmão de Luciene.
— Eu tinha entendido agência de publicidade! — embirrou a jovem.
Sérvio Túlio deu um pulo, anasalando a voz, disposto a esmerilhar o joystick:
— Patrocínio: Supositórios Maria Madalena, o alívio da sua...

❖

O pai de Maisena chegou no mesmo momento em que o marido de d. Wilza, um imigrante madeirense, voltava do restaurante; e, quando o marido de d. Wilza voltava do restaurante, outra atmosfera raiava na casa, mais pesada, mais incômoda. O filho foi o único a lhe dirigir a palavra antes que ele subisse para o segundo andar, onde comia sozinho.

Jonathan vivera algo parecido com Irã — até isso o igualava aos Lourense.

Seu Wilson foi para o quartinho colado à piscina. As meninas agradeceram, mas não podiam ficar para jantar.

Jonathan finalizara a tarefa sem que nenhum outro componente do Câmera 1 tomasse parte no serviço, mas não se importava, desde que pudesse apreciar Sérvio Túlio fazendo evoluções, imitando um pássaro voando ao revés ou encabritando para jogar *Quake* no quarto do amigo.

Por volta das duas da manhã, os irmãos se recolheram. D. Wilza forrou os dois sofás em L da sala para os meninos, inconscientemente estipulando qual lugar cada um ocuparia nas vezes em que lá fossem dormir.

— Da próxima vez, vocês trazem pijama pra deixar aí — disse a dona da casa, apagando as luzes e indo para o quarto da filha. Ela e o marido dormiam separados.

Sérvio Túlio desmoronou no lençol, varejando longe o boné:

— Livrinho chato do caralho...

— Tu nem leu...!

— Não sou Bento Alves pra ler bichice! Porra, aí, na boa, acho que eu nunca li um livro inteiro na vida... Na segunda linha, já tô nos braços de Morfeu! Não, sabe o que que é? Cara, não dá! Puta merda, se meu pai sabe que eu bebi, vai me dar o maior esporro! Puta que o pariu...

— Seu pai é motorista de táxi, né?

— Um-hum...

— E sua mãe?

Sérvio Túlio respirou fundo:

— Minha mãe já morreu...

Calaram-se por algum tempo.

— Aí, Jay, tu pegava Bujão?

— Quê?!

— Pegava? Pegava Bujão?

Jonathan empertigou-se. Asfixiar sua meninice vinha dando resultado:

— Se fosse Karla...

Sérvio Túlio olhou para o dedão do pé.

— Porra-Louca total... — fez Jonathan, tão grave quanto pôde. — Sei lá, às vezes tu não sabe se ela tá dando mole, se não tá...

— Aí, Maisena também dava uns pegas, não dava, não? — contestou Sérvio Túlio.

— Bonitinha... — disse Jonathan, ciente de que Bela era das que carimbavam Sérvio Túlio como inconveniente. — Tem que pedir licença a Ângelo.

— Haha... Caralho, na boa, eu, se fosse Ângelo, já tinha passado o cerol, *compade*!

— E Lu?

— Luciene tem namorado, ô mané!

— E daí, tu é ciumento?

Abafaram o riso.

— Karla é que é demais... — voltou a provocar Jonathan.
— Muito gostosa...! Aquela bundinha...!

O silêncio que se seguiu ressoou como prova de que Sérvio Túlio não dava continuidade à conversa quando o assunto era Karla, talvez pelo tratamento insosso que a menina lhe dispensava, e Jonathan desejou vivamente que aquilo para o que Luciene alertara fosse verdade, para que o interesse de Karla por Ângelo se consumasse, vedando a Sérvio Túlio qualquer acesso a ela...

"*Futures made of virtual insanity now/ Always seem to, be govern'd by this love we have/ For useless, twisting, our new technology...*"[7] — cantarejou Sérvio Túlio.

— Jamiroquai é muito merda! — fulminou Jonathan.

— Maneiraço!

— Merdíssima nenhuma! Suede é que...

— *Couldn't* pra Suede!

Para todos os efeitos, Jonathan mentia dizendo que tivera pelo menos uma experiência sexual, com uma namorada de Niterói, e quis saber se o colega já havia transado.

— Haha... Aí, Jay... Uma vez, uma vizinha minha, lá de Madureira... Pô!, para de rir! Peraí, deixa eu falar... Uma vez... Peraí, assim não vou conseguir falar, mané...! Uma vizinha minha, lá de Madureira, no aniversário dela, me levou pro quarto dela, assim, toda não-sei-o-quê, não-sei-que-lá... Eu falei: "Caralho"; aí, ela chegou assim, falou assim: "Pô, Sérvio Túlio, não tá pensando a mesma coisa que eu, não?", e eu: "Em quê, em peidar?!".

Jonathan redobrou os esforços pra tapar o riso. Imaginou que o rapaz também fosse virgem:

---

7 Jason Kay/ Derrick Mckenzie/ Simon Katz/ Toby Smith/ Wallis Buchanan/ Stuart Zender, "Virtual Insanity" © Sony/ ATV Music Publishing LLC.

— Se eu fosse você, ficava de olho em Bujão!

— Quê?!

— Você que sabe... — ajuntou, matreiro.

— Qual é, Jay?!

— Não sei de nada...

— Ela falou alguma parada?

— Sei lá...

— Porra, *compade*! Ela falou alguma coisa de mim? Falou ou não falou?

— Haha... Não, não, pode ficar tranquilo... Não que eu saiba...

— Porra, aí era foda, chata pra caralho!

— Falou só que cê podia parar de cutucar um pouquinho.

— Quê?!

Jonathan aguilhoou o colega com o dedo médio bem rijo:

— É que você fala, tipo, "cutuca, não cutuca; cutuca, não cutuca"!

Sérvio Túlio arregalou os olhos.

— Outro dia, escreveram assim no quadro: "Sérvio Túlio, fala mas não cutuca!", com um dedo desse tamanho desenhado do lado, só que Gedel apagou antes de tu chegar na sala... A galera ia sacanear muito!

Desataram a gargalhar.

A pouco e pouco, Jonathan pôde vislumbrar, sem arredar os olhos nem um milimetrozinho sequer, o jovem a seu lado cair em um sono tão manso quanto profundo.

Era como se ele e Sérvio Túlio estivessem juntos havia tanto tempo que dormir lado a lado fosse a expressão maior de ambos.

E benfazejo. Era benfazejo vigiar o repouso de Sérvio Túlio assim, destituído da aspereza com que agia na ETECOP.

A luz da lua transpassava a janela. O relógio de parede marcava 3h56.

Jonathan levantou-se. Deu alguns passos, sem fazer ruído. Hesitou. Foi até a porta dos quartos de cada um dos irmãos.

Tudo quieto, à parte o ronquido obeso de d. Wilza. Dirigiu-se à escada para o segundo piso, onde dormia o dono da casa, para assegurar-se de que ninguém vinha — ouvira que o português despertava às 4h30. Teve receio de que Crica aparecesse, encarnada em seu Wilson.

Tornou à sala e correu os olhos sem nenhuma pressa pelo corpo do amigo. Eles não seriam muito diferentes, tendo inclusive forte semelhança na compleição física, ombreando até em estatura. Não tanto nos braços, porque Sérvio Túlio os tinha ligeiramente mais musculosos. Só ligeiramente.

Debruçou sobre o rapaz, chegando o mais próximo que pôde de seu rosto e o cheirou, respirou fundo o eflúvio que se lhe acumulava ao redor, o halito à cerveja e o suor curtido.

Voltou para seu leito e cobriu-se dos pés à cabeça, enterrando o rosto no vão entre o assento e o encosto do sofá até o amanhecer.

V

Pela primeira vez, conseguiu se masturbar até o fim.

Tomar a barca para Niterói nunca se lhe afigurara um ato de tamanha solidão, como se estar fora da escola fosse não estar na própria pele, fosse não entulhar de carne e ossos o envoltório sem serventia que era a pele. Só Sérvio Túlio o abarrotava. O sorriso de Sérvio Túlio, e seu suor e seu hálito e sua inocência. E seus braços e suas pernas e o vai e vem arfante de seu peito.

Ao ejacular, retirando os dois dedos do ânus, a visão de Jonathan se turvou...

Quando deu por si, caído junto ao boxe, Robson batia à porta do banheiro:

— Than! Than! Thaaaan!

Jonathan atendeu, depois de se livrar do sêmen espirrado nos azulejos.

— Se estabacou?

— Escorreguei...

— Quero ir aí! — rogou Robson, entrelaçando as pernas.

Jonathan deixou espaço para que o irmão se trancasse.

Não saberia descrever a sensação do gozo. *Férias Frustradas* na TV. Um pacote vazio de Fofy na poltrona. O gasto com biscoitos começava a exasperar a mãe, que justo regressava com Flávia do Centro, ralhando pelo farelo, a louça, o desalinho dos móveis, ordenando à filha que guardasse a sapatilha...

Jonathan ouvira em conversas esparsas que a coisa com Rui não dera certo. Prostrou-se bem diante dela, para que ela o visse na nova qualidade de ser que aquela menarca do orgasmo lhe imprimia.

Mas foi inútil. Aparentemente, não lhe notavam nada distinto:

— Como é que é, Than? Vai ficar aí parado?!

❖

Depois de Sérvio Túlio, todo mundo na ETECOP passou a chamá-lo "Jay". Sérvio Túlio o rebatizara. Concedera-lhe uma nova diretriz. Concedera-a a todos, Mundo, Jerry Lewis, Maisena, Bujão, Areia Mijada...

"Obrigado por me dar um nome, Sérvio Túlio", pensou em dizer-lhe. Só pensou.

❖

O boné de *The Mighty Ducks* não era a única senha de Sérvio Túlio. Também o era um agasalho Adidas, verde. Não azul, como seria normal. Verde. Do final dos anos 1970, herdado do avô e cujo fecho ecler o rapaz subia pela gola alta até a base do nariz nos dias mais frescos.

❖

O Câmera 1 engatinhava na concepção do trabalho final — um telejornal cultural —, mas muitas reuniões de estudo em Santa Teresa se transformavam em festinhas, e mesmo quem não fazia parte da equipe pintava também, de vez em quando, como Ângelo, como Jerry Lewis, como Débora... E como Karla.

❖

— Eu quero que seja uma folha de papel ofício! — disse Rogério Wanis.

Aplicaria a prova de Física à luz de uma experiência: institucionalizaria a cola, desde que toda anotação, lembrete ou extrato estivessem contidos em uma folha de papel ofício.

— Podem escrever dos dois lados, se vocês quiserem, como vocês quiserem, tudo que vocês quiserem! Não me interessa! Se quiser copiar o livro todo, não tem problema! A única coisa é que tem que ser numa folha de papel ofício! Não quero folha de caderno, não quero papel de carta, não quero papel de pão...! Papel ofício!

❖

— Entrou Câmera 1! Patrocínio: Supositórios Maria Madalena, o alívio da sua pena!

Maisena, em pé na porta, arqueou a boca:

— Nareba é chefe da sessão de humor sem graça!

Mundo enquadrava Bujão na Canon E70 8mm, emprestada por Ângelo. Convertera o porão de casa em set de filmagem.

Maisena era a âncora mais plausível, mas Bujão manifestara desejo de dividir o protagonismo com a amiga.

Karla, Débora e Jerry Lewis se distraíam com d. Wilza e o pai na área externa — haviam sido convidados para dissipar o favor do empréstimo da filmadora. Débora trouxera uma amiga de fora, Jaqueline, e ambas passaram quase todo o tempo juntas, já que a garota não se enturmara.

Sérvio Túlio propusera uma rodagem orgânica, em que a câmera interagisse com as apresentadoras.

— *Too hard* pra editar... — disse Ângelo.

— Só fazer um take só — argumentou Sérvio Túlio.

Ângelo passou a mão pela franja:

— *Well...* Meio complicado...

Sérvio Túlio virou o boné para trás, baixou o fecho ecler do agasalho e assumiu a câmera.

Bujão começou a recitar o texto escrito pelos irmãos:

— "A pintora Frida Kahlo nasceu em 1907, em Coyoacán, México"...

Sérvio Túlio dançava-lhe à roda, alternando *zoom ins* e *zoom outs*. Bujão deixou cair os ombros:

— Gente, tem que arrumar um teleprompter!

❖

A gravação não agradou em nada ao grupo, que a rejeitou sumariamente.

❖

Da mesa da sala, concluindo um exercício — a ser novamente creditado à equipe — no qual uma onda senoidal propagava-se de uma corda e um tal ponto dessa mesma corda movia-se desde o ápice do deslocamento até o deslocamento zero em um intervalo de tempo de 0,2 segundos, devendo ser especificadas a frequência e a velocidade da onda, Jonathan verificava, pela fresta da janela, a desenvoltura de Karla.

Karla já atuara como vocalista em um CD gravado às expensas do pai — não descartava tornar-se cantora.

Jerry Lewis mal disfarçava a fissura por ela. Não menos do que Mundo.

Porém, o que mais interessava a Jonathan era investigar os modos de Karla com respeito a Ângelo...

Foi necessário esperar até que estivessem todos sob o sapotizeiro, debicando o aipim frito oferecido pela dona da casa, para testificar uma filigrana pouco usual na jovem, quando Ângelo lhe permitiu apanhar primeiro um copo de cerveja, ao que Karla retribuiu cingindo prolongada e langorosamente os dois olhos...

— The Cure era uma matéria mais maneira que Frida Kahlo! — apressou-se Bela, na tentativa de atrair a atenção de Ângelo.

"Tadinha de Maisena", pensou Jonathan.

Sérvio Túlio juntou-se a Júnior e Luciene saltando na piscina. Esquila Maria latiu e latiu pela enxurrada d'água.

Desde a primeira vez em que dormiram em Santa Teresa, Jonathan vinha notando que o rapaz cutucava muito menos ao falar.

Gozava uma espécie de alívio cada vez que Karla o chamava de escroto, como se uma engrenagem se houvesse posto em marcha e a possibilidade de Ângelo colocar Karla para sempre fora do radar de Sérvio Túlio fosse tangível.

E aquilo que ela entregou a Jerry Lewis seria um baseado?!

D. Wilza servia-se incessantemente da cerveja, além de doses de Campari que dividia com o pai. A euforia geral decaía no momento em que o marido chegava do restaurante, guardando o carro na garagem e subindo para seus aposentos. Todos começavam, então, a despedir-se.

Luis Henrique agradeceu a Ângelo no portão.

— *Don't worry*, Mundo, se quiser, te empresto a câmera... Vocês gravam uma parte, a gente grava outra; *your choice*...

— Beleza. Bujão conhece um cara que empresta um estúdio. A gente te dá um toque...

De ordinário, restavam Jonathan, Sérvio Túlio e, eventualmente, Júnior, que dormia em um colchonete no quarto de Luciene, entre as camas dela e da mãe.

Karla também ia embora sempre. Um namorado qualquer a vinha buscar de carro — dessa vez, um Ford Mondeo.

VI

— Ele me deu sete telefones pra mim, falou assim: "Wilza, isto é para teres uma renda tua!".

Ao descerrar os olhos na manhã seguinte, Jonathan trouxe a si o agasalho Adidas, que se encontrava amarfanhado no sofá ao lado, e o cheirou interminavelmente por brevíssimos segundos, antes de se juntar ao pessoal na cozinha, onde d. Wilza explicava seu fracasso conjugal, chasqueando a pronúncia portuguesa do marido.

— As linhas eram dele? — quis saber Júnior.

— Eram, tavam tudo no nome dele, ele passou pra mim, pra *mim* administrar... Porque eu nunca trabalhei fora, sabe...? Aí, eu alugava; aluguei pra d. Rose; aluguei pra uma amiga minha, no Flamengo; aluguei pra seu Xidéu...

Depois de um tímido "bom dia", Jonathan serviu-se de pão com geleia e café.

— Aí, quando apareceu o buraco...

— Buraco, tia?

— O buraco nas contas, Servinho. Acontecia alguma coisa, eu precisava de dinheiro, aí vendia uma linha; precisava de dinheiro, vendia outra... Fui vendendo, fui vendendo, até que não tinha mais de onde tirar...

— E seu...?

— Meu maridão?— escarneceu ela, interrompendo o namorado da filha.

— É, quer dizer, ele não falava nada...?

— Ele não sabia, Juninho! Eu não dizia nada... Senão, era capaz dele me tirar os telefones, e eu precisava de dinheiro! Tinha que comprar roupa pras crianças, tinha dívida na C&A! Prestação da escola... Aí a coisa degringolou...

Mundo bufou:

— Saco...!

— Se me dessem sete telefones, eu tava rico essa hora, largava escola e o caral...!

— Ah, Servinho, mas é que eu nunca tive muita cabeça pra dinheiro... Agora que papai tá aqui com a gente, ele é que me ajuda...

O imbróglio telefônico servira de justificativa para que o marido de d. Wilza se vingasse, exonerando-se do gerenciamento doméstico. Os vencimentos de ex-funcionário público de seu Wilson eram o que verdadeiramente cobria as despesas.

Jonathan mastigava calmamente, recostado no gaveteiro de fórmica. Planejava amparar Sérvio Túlio nas matérias em que o amigo era mais fraco, como Física, Matemática e Português, assim como História e Geografia, sem contar Biologia e Química, para que o vínculo entre ambos se fortalecesse e a engrenagem operasse perfeitamente lubrificada...

— Tem namorada, Jay?

A indagação gratuita de Júnior o paralisou. Mesmo assim, luziu-se com um riso sonso:

— Mais ou menos...

Entre a galhofa, seu Wilson terminou o desjejum de ameixas em calda, emborcou uma dose de Campari, jogou um beijo para a filha e se retirou para seu quartinho. D. Wilza segurou a cadela, evitando que o animal atrapalhasse o velho:

— Jonas é o melhor partido da paróquia!

— O mais cabeção! — disse Luciene, sentada nas pernas do namorado.

— Oi? Que foi que cê disse? — fez Júnior, desatento.

— Nada não, meu amor — disse a jovem, encenando tapar-lhe os ouvidos com as mãos.

— Se depender de Bujão, tem alguém que só fica solteiro se quiser... — disse Jonathan, comprometendo Sérvio Túlio.

— Ô, me tira dessa, *compade*!

D. Wilza riu copiosamente. O filho a censurou, indo ensopar-se no computador:

— Ri baixo! Parece maluca!

O constrangimento foi quebrado pelo chirrio da campainha. D. Wilza levantou-se com dificuldade e perguntou ao interfone:

— Alô? Quem é?

Uma voz metálica repontou:

— Sou eu, meu amor, minha vida!

— Virgínia, querida, entra!

Bem acima dos quarenta anos, Virgínia era uma travesti de rosto lesionado pelos efeitos da aplicação de silicone industrial a que se submetera nos anos 1980. O encapsulamento do produto nos tecidos da face agraciara-lhe um aspecto horrendo, cheio de tumores ao redor dos olhos, nariz, boca e bochechas. Conhecida como "Fofão", ganhava a vida vendendo artigos Avon e desceu as escadas até o pátio com toda cautela:

— Menina, meus óculos não ficaram prontos; eu tenho um medo de derrapar que tu nem imagina!

— Que que você tem hoje pra mim, querida? — fez d. Wilza, depois que a vendedora abriu a maleta de amostras na varanda coberta.

— Pra seu Wilson, eu trouxe o creme de barbear que ele tinha pedido. Aquele mentolado.

— Ah, que bom...! Depois eu levo lá pra ele.

— Olha, tá pra chegar ainda, o esmalte que você pediu, tá?

— Que pena...

— É, mas olha só isso aqui...

Jonathan, hipnotizado pelas feições do homossexual, só saiu do transe ao ouvir de Sérvio Túlio:

— Sobrecarga de Bento Alves nessa porra!

❖

Todos deixaram Santa Teresa logo depois do almoço, temendo a horda de torcedores de Flamengo e Vasco que infestariam a cidade em razão da partida no Maracanã, marcada para o final da tarde.

Jonathan desembarcou na praça Arariboia, do outro lado da Baía da Guanabara, e se dirigiu ao terminal, onde tomou o ônibus para o Fonseca.

Domingo era um dia carente de sentido, como todos os dias que o insulavam da vida que elegera, longe de Niterói, da mãe, de Robson e de Fava — antes da ETECOP, jamais se atrevera a escolher nada.

Saltou do ônibus e trespassou a alameda São Boa Ventura, dividida longitudinalmente pelo córrego que une duas paredes isósceles sete metros abaixo do nível da via.

Um vizinho lavava o Chevette hatch de portas abertas na calçada, com o rádio do veículo no último volume:

Te ganhei no paparico, te papariquei
Quis te dar um fino trato e me apaixonei
Te ganhei no paparico, mas tô sem nenhum
Por favor amor não pense que sou 171[8]

Jonathan se refugiou no adro sombrio do edifício Nunes.

Nos degraus para o primeiro andar, regurgitava a despedida de Karla no dia anterior, aproveitando uma distração de

---

8 Ronaldo Barcellos/ Delcio Luiz, "Paparico" © Sony/ ATV Music Publishing LLC, Warner Chappell Music, Inc.

Maisena para sussurrar qualquer coisa ao ouvido de Ângelo, acenando a seguir glacialmente para Sérvio Túlio, só porque não pôde evitar, sem sequer esperar resposta, antes de meter-se no Ford que a esperava na Miguel Rezende.

Jonathan prestara bastante atenção a esse fato. A esse acontecimento. A esse grande e benfazejo acontecimento. A esta recusa de Karla a Sérvio Túlio.

Foi quando se abriu a porta do apartamento 101 e dele saiu Gilberto...

❖

Trazia ele o celular, mas não a pasta de planilhas, e a indumentária era mais esportiva que em dias úteis.

Jonathan o cumprimentou com um miúdo "Boa tarde".

Gilberto permaneceu ali parado, como se esperasse algo mais, enquanto Jonathan galgava o seguinte lance de escadas, ouvindo o cicio gotejante atrás de si:

— Boa tarde...

❖

Fava assistia à televisão com as pernas no encosto da poltrona, de cabeça para baixo. A mãe não estava. Teria um flerte — Jonathan a ouvira comentar.

O irmão se aprontava para sair.

— Vai aonde?

— Buscar o joystick da Play.

Embora soubesse que talvez não fosse verdade, Jonathan não se contrapôs. Aos catorze anos, Robson se tornava cada dia mais taciturno e não poucas vezes mentia para lucrar alguma coisa.

No quarto, não viu indícios de que andassem fumando escondido, mas não forçou a caixinha de alumínio que Robson lacrava com fita adesiva — sabiam entre os três quando remexiam suas coisas pessoais.

Inspecionou a geladeira. Havia garrafas de Coca-Cola e sobras de empadão e bolo de trufas.

— Fava, teve aniversário aqui em casa ontem?

A menina continuava vidrada na TV.

— Fava!

— Quê?

— Teve festa aqui em casa?

— Um-hum...

— Foi aniversário de alguém?

— Tia Nei que inventou! — era como a menina, aos onze anos, se referia à tia Brunei. — Por causa da medalha...

— Que medalha?

— Na Feira de Ciências...

Afamado por sua praxe circum-escolar, o Acadêmico, onde os outros dois irmãos estudavam, promovia duas importantes feiras anuais, a de Ciências e a de Estudos Sociais, que consistiam na preparação de uma maquete apresentada ao público por meio de uma explicação previamente elaborada, cabendo por sorteio ao grupo de Flávia o tema "poluição".

— Agora dão medalha pra gente tapada, é? — disse ele, fazendo cócegas na menina, que soltou uma patada.

— Para, Than!

— Ouro, prata ou bronze?

— Ouro né, mané?!

Lembrou-se de que na sexta saíra da ETECOP direto para a casa dos Lourense, onde passaria o fim de semana. Talvez por isso a mãe não houvesse tido tempo de avisá-lo...

VII

Jonathan cintilava na calçada da rua Buenos Aires. Não se valera da carta branca autorizada por Rogério Wanis.

Um a um, os alunos iam descendo, desconformes com a utilidade da cola; se serviu, se não serviu; se coube tudo na folha; se não deviam ter copiado outros tópicos...

Os irmãos Lourense saíram quase sincronicamente. Mundo atirou com raiva o papel amassado no asfalto:

— Não adiantou nada, essa porcaria!

— Jay *coudn't*, né, Jay?! — disse Luciene.

Jonathan coçou o lóbulo da orelha:

— Sei lá, deixa vir a nota, depois a gente conversa.

Chegaram Maisena e Bujão, que foi buscar um refrigerante na Padrão.

Sérvio Túlio foi o último. Fizera uma letra microscópica para que o livro de Física coubesse integralmente no exíguo espaço da folha de papel ofício e esmurrou o ar, eufórico:

— Puta que o pariu! Gabaritei essa porra!

No mesmo instante, Zoghby passou ao lado da roda de alunos, em direção à escola. Sérvio Túlio enrustiu o sorriso, trocando com Jonathan um olhar cúmplice...

❖

Dias antes, Jonathan pedira audiência, depois das classes, para saldar a multa por atraso de mensalidades. Ao deixar a secretaria, onde estavam alguns professores reunidos, ouviu a voz de Sérvio Túlio no corredor ermo:

— Aí, Jay, chega aí, chega aí…

Desceram as escadas e terçaram o balcão do inspetor na entrada do prédio.

— Zoghby tava lá?

— Um-hum — confirmou Jonathan, assim que chegaram à rua. — Qual é a parada?

— Chega aí, chega aí…!

Percorreram a Uruguaiana até um telefone público em frente à Lojas Americanas. Sérvio Túlio inseriu um cartão no aparelho e discou o número da escola, efeminando a voz:

— Bom dia… Ah, já é boa tarde? Haha… Ah é, né?… Com quem eu falo, por favor?… Solange?… Oi, Solange, tudo bem?… Eu poderia falar com o professor Zoghby, por favor?… brigada…

Jonathan perdeu o compasso.

— Alô? Professor Zoghby?… Muito prazer… Aqui é uma… Bom, o senhor não me conhece… Eu tenho uma amiga que estuda aí, sabia?… Ã-hã… Não, não é sua aluna, não… Não, não… Professor Zoghby, é que eu queria dizer uma coisa… Eu sou… Olha só… Como?… Meu nome?…

Sérvio Túlio bambeou.

— Bianca! — acudiu Jonathan, recordando-se de uma coleguinha do Colégio Brazil.

— Meu nome é Bianca… Isso… Bianca… O senhor não me conhece… Eu sou amiga de uma menina que estudou aí…

Jonathan sinalizou a incongruência.

— Estuda! Quer dizer, estuda! — retificou Sérvio Túlio. — Isso… Ah, o nome dela eu não posso dizer, que vai ficar meio mal… Meio ruim pra ela, né?… Professor, é que eu queria dizer

105

uma coisa, não sei o que o senhor vai achar... Posso chamar de "você"?... Então... Ai, sei lá, não sei o que que o senhor vai achar de mim... Ai, Você! Olha eu, chamando de "senhor" de novo! Você!... Haha... É, pois é... Haha... Mas olha, eu já te vi por aí um montão de vezes, sabia?... Ã-hã... Eu tinha vontade de... O quê? Quando? Ah, sei lá, um montão de vezes, quando eu vou aí encontrar com a minha amiga... Olha, eu queria dizer que eu acho você um gatinho...

Jonathan entravou-se.

— Ã-hã... Acho sim... Ah, você não conhece ela... Eu só queria dizer isso pra você, só, tá?... Um-hum... Gatinho... Se um dia a gente se visse... O quê?... Sério?... Ah, mas... Assim, do nada?... Nem vim arrumada... Se eu o quê?... Por aqui por perto?... Hm... Não sei... Ai, Zoghby!

Jonathan instava o amigo a desligar, mas Sérvio Túlio redobrou a sensualidade:

— Tô, sim, tô por aqui por perto, sim... Ah, sei lá... Você que sabe... Ai... E se você não gostar de mim?... Ah, sei lá, eu... E se você me achar feia?... Ai, meu namorado não pode saber que eu tô ligando... Ai, meu Deus...! Tá! Pode ser, então... Como é que eu tô vestida?

Buscou socorro em Jonathan, que apontou uma jovem que rumava para a Presidente Vargas. Sérvio Túlio a descreveu minuciosamente:

— Olha, presta atenção, tá? Calça jeans desbotada, sabe, assim, desbotadinha?... Camiseta vermelha... É... Estampada, assim, com um desenhozinho branco... Branquinho, sabe? Com umas letrinhas, assim... Ai, Zoghby, eu tenho namorado, sabia?... Ai, sei lá... Será que não tem problema?... Eu sou, assim, meio morena, tá?... Não fala assim... Meu cabelo é comprido... Você gosta?... Gosta é?... Você fala de um jeito... Ai, para Zoghby!... Tô com um brinco de argola... Tamanco... Um-hum... Ai, tô tão nervosa... Se meu namorado me ver... Ai, a gente se encontra aonde?...

O fone encaixou no gancho com um estampido seco.

— Caraca...! E agora?! — fez Jonathan.

— Tá vindo aí!

Do portal da Lojas Americanas, tinham uma visão privilegiada da esquina de Buenos Aires com Uruguaiana, onde se combinara o encontro.

Zoghby eclodiu no local, procurando em todas as direções. Foi no sentido do Largo da Carioca. Parou. Esperou. Coçou a cabeça. Voltou até a altura da igreja de Nossa Senhora do Rosário. Girou e tornou a girar. Erguia-se na ponta dos pés para melhor visibilidade.

Os traços ditados se encaixavam em parte com os das mulheres que circulavam, mas minudências o faziam titubear, até que, casualmente, outra moça com o mesmo perfil da que servira de modelo para os garotos sobressaiu no meio do povo. Zoghby lhe barrou a passagem.

A tentativa da mulher em escapar era tão mais patética quanto mais o professor obstinava-se. Os dois comparsas espiolhavam tudo com grande interesse. Sérvio Túlio, corado, respiração acelerada; Jonathan, logo atrás, ora punha atenção na ação metros adiante, ora perdia-se nos cabelos ruços do amigo, escoando do boné de *The Mighty Ducks*, cobrindo-lhe um pouco as orelhas, no maxilar meio submerso na gola alta do agasalho Adidas e nos cílios que repercutiam o suave tremor ocasionado pelas batidas do coração.

A vítima reagiu com um safanão, apartando por fim o assediador.

Zoghby cruzou as mãos detrás da cabeça. Parecia indagar aos campanários da igreja o que fora aquilo que o insuflara tanto para logo se evaporar assim...

❖

Jonathan e Sérvio Túlio corriam pelas ruas mais inexprimíveis do que nunca. Nunca antes Jonathan se sentira tão próximo do amigo, tão íntimo e tão colaço dele como agora. Resguardaria Sérvio Túlio para que ninguém se atrevesse a lhe puxar os cabelos: "Eu passei pelo que há de pior, Sérvio Túlio; eu não quero que você passe também; eu, só, enfrento tudo por nós dois, tá?", teve vontade de dizer-lhe.

Or maybe, maybe it's our nowhere towns
Our nothing places and our cellophane sounds
Maybe it's our looseness
But we're trash, you and me
We're the litter on the breeze
We're the lovers on the streets
Just trash, me and you
It's in everything we do
It's in everything we do[9]

❖

Não. Não era porque equilibrava a bandeja contendo o McLanche Feliz como se portasse um sagrado anel de noivado que Jonathan se sentia pleno, mas porque não existia outra coisa no mundo a não ser a mesa no segundo andar do McDonald's da Uruguaiana, onde se sentaram um em frente ao outro:

— Olha aí, Jay, se tu vazar essa porra eu tô fodido nessa merda! Vê lá, hein?

— Tá safo, mané!

— Caralho! Cara, tinha que ver ele jogando a gosma: "*Adooooro* mulher de cabelo até a *cinturahhh*…!"; "Como é que eu vou saber se eu te acho *atraentehhh* se eu não puder te *veeeer*?". Hahahahahahaha! "A gente sai um fim de *semanaaahhh*…" "Eu tenho um *carrrro* assim, assim…". Hahaha! Aí, Jay, não fode, hein! Vai me sacanear aí, hein?

---

9 Brett Anderson/ Richard Oakes, "Trash" © BMG Rights Management, Warner Chappell Music, Inc.

Sérvio Túlio havia mascado pedacinhos de guardanapo que introduzia no canudo da Coca-Cola, desengatilhando assim que um funcionário veio limpar as mesas.

O rapaz, de uniforme precariamente ajustado, sentiu a picada no pescoço. Fitou o teto, os dois meninos comendo, abstraídos, e foi embora sem entender bem. Só então a dupla caiu na gargalhada.

Jonathan decidiu fazer uma nova sondagem:

— Caraca, Karla, muito gostosa…

Sérvio Túlio abriu a boca, repleta de comida mastigada. Jonathan açulou ainda mais:

— Porra-Loucaça! Ângelo é que vai se dar bem!

— É, sei lá… — disse Sérvio Túlio, laconicamente.

— Tu não pegava, não?

— Karla?

— É.

— Porra, sei lá…! Hahaha… Caralho! Zoghby, porra…! Viu a cara dele? Caralho! Aí, Jay, não vai me foder, hein?!

❖

"Sei lá", repicava pela mente de Jonathan, a bordo da barca no meio da Baía da Guanabara. "Sei lá". Não "claro", nem "lógico", nem "claro que eu pegava, porra!"; apenas "sei lá". Só assim: "Sei lá".

"Sei lá". O que é incerto, uma trivial possibilidade. Talvez remota. Talvez nula. "Sei lá".

❖

A mãe desligou o telefone. Gerson — Jonathan tinha a impressão de que o último namorado se chamava Gerson — não estava mais atendendo a suas ligações.

❖

— Nessa idade, eu vou proibir papai de fazer o quê, gente? — arengava d. Wilza cada vez que lhe advertiam sobre os hábitos do pai, por quem demonstrava um tipo de veneração tola.

Jonathan ignorava se seu Wilson coroava o café da manhã com Campari, malgrado a cardiomegalia tratada à base de Metoprolol, desde que pudesse amanhecer ao lado de Sérvio Túlio, observá-lo pela manhã, elucubrar que tinha a vida do rapaz em suas mãos, quitando-lhe a respiração com um gesto, guardando para sempre seu benfazejo último suspiro.

Mas o que mais gostava era quando Sérvio Túlio o prendia por trás, berrando "*Teje* preso!", e se atirava com ele na piscina, aguentando-o embaixo d'água, permitindo que recuperasse o fôlego no último instante, respingando todo o pátio, o que fazia a cadela ladrar fastidiosamente.

— Esquila! — gritava a dona da casa, sem nenhum efeito.

— Não, mas meu avô tinha mais grana... — disse Luciene, na rede sob o pé de sapoti. Jonathan passara toda a tarde reescrevendo o roteiro sobre Frida Kahlo. Mundo, Sérvio Túlio e Júnior jogavam *Road Rash*; seu Wilson e a filha viam televisão, rachando latinhas de cerveja; o marido de d. Wilza se havia recolhido fazia tempo. Na vizinhança, badalava um CD do Raça Negra.

— Ah, é?

— Tinha... É que a gente não sabe direito... Não sei se você reparou, mas aqui em casa cada um vive sua vida independente... Tipo papai... Cê já reparou, né, Jay? Assim, só Henrique é que fala com ele...

— Mais ou menos...

— Henrique meio... Sei lá, não sei se ele culpa mamãe pela coisa ter desandado, sei lá... Cê já sacou como ele fala com ela, né? Tipo assim... Quando tem gente de fora ele se segura, mas quando a galera vai embora...

— Na ETECOP ele é supernormal...

— É, mas aqui em casa rola o maior estresse! Só que, como ninguém fala nada, nunca... Tipo assim, na boa, Jay, falo com você porque, tipo, você é praticamente da família, né? Mamãe, se pudesse, te adotava...

— Haha...

— Quando a gente era pequeno, papai levava a gente direto no restaurante, levava eu, Henrique, minha mãe... Ia todo mundo, a gente almoçava...

— Fica onde, o restaurante?

— Na Barra... — disse a jovem, melancólica. — Depois ele parou de levar, deu a maior merda aqui em casa...!

— Por causa dos telefones, né?

— Pois é... Quer dizer, é e não é... É que tem outras coisas... Mamãe... Não sei... Já viu ela sem um copo na mão alguma vez? Eu... Antes eu achava normal, sabia? Mas depois... Não sei, a gente vai vendo a vida dos outros, assim... Sei lá, Jay...

— Complicado...

— E vovô... Assim... A gente não sabe bem, mas a gente acha que ele tinha muito mais dinheiro...

— Ele perdeu?

— Doou.

— Quê?

— Doou.

— Como assim?

— Doou. Pegou o dinheiro e doou... Quer dizer, não foi dinheiro... Quer dizer, foi dinheiro, mas, assim, era um apartamento.

— Seu Wilson doou um apartamento?!

— Pois é... É o que a gente acha...

— Doou pra quem?

Luciene encolheu os ombros:

— Pra igreja.

Jonathan engoliu em seco:

— Pra igreja?!

— Pois é... Não tem como saber. Ninguém toca no assunto... A gente desconfia, por umas coisas que ele foi soltando...

Adepto de uma igreja neopentecostal, à qual se filiara tardiamente, seu Wilson chegou a fazer ingentes contribuições aos cofres da entidade, visando dividendos no paraíso. A doação do apartamento culminara uma aposta não realizada. Amanhara o imóvel em segredo, programando mudar-se para ali em companhia de uma amante, que viera a falecer antes que se ratificasse o arranjo, empurrando-o a renunciar ao bem, quem sabe se por desgosto. Na época, a avó dos meninos estava ainda viva. Era o único na casa a professar alguma fé. D. Wilza se decepcionara com um centro de umbanda havia sete anos.

Jonathan tentou baixar a temperatura evocando a paixão de Maisena por Ângelo, e se Luciene também não havia reparado.

— A galera toda reparou, né, Jay?

— Caraca...

— Não, cara, na boa — disse a menina —, eu e Bujão, a gente tava quase chegando pra ela, assim, falando, tipo assim: "Cara, *slow down*!".

— Às vezes, o cara até dá meio pra trás!

— Tá vendo que o cara não banca a situação...!

— Pior que eu acho Maisena muito gatinha...

— Ela é muito lindinha... — corroborou Luciene. — Muito presa, né? O pai dela é muito durão! Já viu ela atendendo o pai no telefone?

— Chega a tremer, tadinha...

A irmã de Mundo espreguiçou-se:

— Tipo, de repente, o cara não fala nada, tipo, pra não magoar a outra pessoa, sabe...? E Ângelo, assim, na boa, Ângelo é muito gente boa, cara...

— É, pior que é — disse Jonathan, orgulhoso pelo colega.

— Ele saca que ela é a fim dele, cara... Tipo assim, dá pra

sacar... Ela dá muita bandeira! Cara, que é isso? "*Stop*! Faz tudo mas não dá esse mole, mulher!".

— Haha...

Jonathan queria perguntar se a amiga não saberia o que Karla cochichara no ouvido de Ângelo no último churrasco, mas limitou-se a dizer o seguinte:

— Não sei se Ângelo não é a fim de Karla...

— Tá com ciúme, é?

O rapaz perturbou-se.

— Haha... Os moleques são todos de quatro por ela... — concluiu a moça.

— Haha — fez Jonathan, aliviado. — Não começa, Lu...

— Sei lá... Quem sabe?

— Normal — atalhou Jonathan.

— Maisena que me desculpe... Haha... Vamo lá pra dentro?

— Vamo, que esse pagode tá me dando urticária já...!

— Haha... Quer uma Coca?

— Pode ser.

— A gente tá a fim de armar uma festinha aqui em casa, quando chegar as férias, agora em julho, sei lá.

— Formou!

— Depois te ligo pra confirmar.

A engrenagem rodava.

❖

Que bom seria se pudesse se declarar na festinha que os Lourense queriam armar. Gostaria que fosse assim, nos sofás perpendiculares. Esperaria que a casa dormisse e se arrojaria sobre o colega, sem dizer nada, sendo recebido em corpo e alma e boca e braços e pernas, lamentando em nome de Deus e de toda a metempsicose das revistas de ocultismo que Ângelo ainda não tivesse pulverizado Karla de vez, para que ele pudesse dar voz àquilo que a tanto custo ocultara de todo mundo. Aquilo que tinha certeza de que ninguém desconfiava... O oposto da maturidade...

❖

Despertou por último. No sofá ao lado, nem vestígio do agasalho Adidas ou outras miudezas de Sérvio Túlio. Lembrou que o colega comentara no dia anterior que precisaria sair cedo para acompanhar o pai à oficina, em Madureira.

Na cozinha, d. Wilza vasculhava o catálogo de Virgínia, que fazia contas em uma calculadora Sharp.

— Bom dia, meu amor. Vai fazer xixi, a tia bota seu café — disse a dona da casa, maternalmente; a cadela punha as patas sobre a mesa, derrubando vários cosméticos.

❖

Quando saiu do banheiro, Virgínia e d. Wilza se haviam transferido para a varanda, e Júnior fazia Esquila Maria correr atrás de uma bola de futebol dente-de-leite. Seu Wilson lia jornal no quartinho. Mundo perseverava no videojogo.

Luciene perguntou ao irmão se não a deixaria usar o computador. A resposta do rapaz foi alguma coisa ininteligível, mas que acabava em "Bento Alves".

Jonathan achava inapropriado que não se importassem caso Virgínia sacasse que aquilo era com ela.

— Já tomou café, meu filho? — fez d. Wilza.

Jonathan disse que sim, com momice filial, torneando a varanda pela parte de fora. Virgínia recolhia a mercadoria:

— Semana que vem, então?

— Isso... Não tem problema para ti, não? — indagou d. Wilza.

— Cê é boba, menina!

— Ah, então tá... É que papai não recebeu ainda...

— Não esquenta...

— Peraí que eu vou buscar minha bolsa lá dentro.

— Vai, querida.

A mulher se dirigiu ao interior da casa. A travesti quis saber se Jonathan não estava interessado em nada, oferecendo-lhe uma *eau de toilette*:

— Já experimentou Musk? Olha só que gostoso...

— Hm... Bom mesmo... — disse o jovem, olfateando o frasco. — Eu tô meio sem grana...

— Pode pagar com cheque pré.

— É, mas não vai dar...

— Se quiser, tamos às ordens, fala aqui depois com minha amiga, que eu separo pra você o que você quiser, tá? Dá pra fazer em até doze vezes...

— Legal, pode deixar...

As protuberâncias no rosto de Virgínia talvez pesassem como pepitas de chumbo. Cabelo crespo retalhado; camisa sem mangas, com uma gravura de surf; bermuda branca e vermelha; pernas mal depiladas; chinelo roído; pelos em pródigo crescimento nas axilas; esmalte descascado nas unhas: símbolos de alguém que abrira mão da vaidade.

Ao trancar a valise, recostou-se na cadeira de ferro, exausta, deixando ainda mais visível a monstruosidade das feições.

— Tem que aproveitar enquanto é novo, hein?

— Hã? — fez o jovem, confuso.

— Tem que aproveitar enquanto é novo... Depois que chega na minha idade, não dá mais pra voltar atrás, não, hein...? Já pensou em botar silicone?

Jonathan empalideceu.

— Se for botar silicone, bota do bom, não vai fazer a besteira que eu fiz não...! A gente sofre muito! Deus me livre! Depois, quando eu vi, ó... Não dava mais pra consertar!

O rapaz não soube o que contestar.

— Eu, uma vez, pensei em me operar, sabia? Rancar tudo

isso que tem aqui embaixo, pendurado, que só serve pra fazer xixi, mas não deu…! Muito caro… Uma amiga minha se operou, arrancou tudo! Eu vi uma vez, não acreditei! Olhei, assim, tava lisinha, cê nem dizia! Precisava ver! Disse que dói muito. Sei lá… Eu vou falar uma coisa pra você: eu agora não operava mais não… Vai que não dá certo… Dá um erro lá qualquer… Melhor não se operar não, viu? Não se opera não, viu, menino?

VIII

"Veado conhece veado!".

❖

4,0; 3,1; 2,0; 4,5, este foi o promédio das notas de Física sob o regime de cola oficial de Rogério Wanis — quase todas abaixo de 5, salvo a de Jonathan, que atingiu um 9,7, junto com outro aluno, Breno, que conquistou um rotundo 7,4. E a de Sérvio Túlio, o único em cravar um zero mesmo:

— Caralho...! Caralho, caralho, caralho! Meu pai vai me matar!

❖

O primeiro corte do curta metragem que o Spellbound estava produzindo foi exibido na classe de Audiovisual, ministrada pelo professor Hamilton Freire; cenas bem editadas de guerra com "Higher Than the Sun (A Dub Symphony in Two Parts) feat. Jah Wobble" como trilha.

O Zênite tinha uma gravação inacabada, na qual Karla protagonizava o anúncio de uma agência de viagens, com grande fluidez em comparação com as duas apresentadoras do Câmera 1, na exibição posterior.

❖

"Veado conhece veado". Onde Jonathan ouvira isso?

Foi... foi o pai! Exatamente! Foi Irã quem disse isso! Num final de semana em que tinha a guarda das crianças, oito anos antes, referindo-se a uma série de contratações recentes na Varig, efetuadas por um diretor notoriamente homossexual. O fato de alguns dos novos funcionários serem também homossexuais desencadeou no plantel a blague de que o RH dava mais importância ao "cu" do que ao "rrículo" dos candidatos:

— Sabe como é que é, né? Veado conhece veado, se eles puderem, eles chamam o clubinho deles todo pra dentro da firma!

É isso! Claro! "É que veado conhece veado!", Jonathan repetia sem parar. Não que estivesse fraquejando em sua máscara de amadurecimento... É que veado conhece veado! Só isso.

Veado conhece veado.

❖

Um modo de vazar os gabaritos de Química, Matemática e Física... A punição por ser pego colando era zero direto? Quanto seria necessário para a média? Alguém ouvira dizer que as matérias técnicas iam exigir nota, além dos trabalhos. Seria isso mesmo? Boato? Sim? Não?

Os dias de prova de fim de semestre na ETECOP eram caracterizados pelo tropel de alunos em frente ao prédio da escola.

Jonathan sentava e deslindava os questionários instintivamente.

Impossível soprar qualquer coisa a Sérvio Túlio — os professores trocavam os alunos de lugar, separando os mais chegados.

Como era sempre dos primeiros a acabar, esgueirava-se direto para casa, sem esperar pelos colegas, tomando a barca na praça XV.

Agiu assim ao longo de toda aquela semana. Quando lhe perguntassem o porquê na festa de Santa Teresa, diria em alto e bom som: "Fui encontrar com a minha namorada".

❖

Não, "Fui encontrar com a minha namorada" não; soava meio falso... Melhor: "Fui encontrar um pessoal aí, que eu tô pegando". Isso. Isso mesmo. Soaria melhor. Era necessário engrossar o embuço depois do conselho da travesti. As férias de julho seriam úteis para isso.

"Como é o nome dela?", indagariam; e ele: "Patrícia".

Sempre gostara do nome Patrícia — difícil encontrar seu equivalente no gênero oposto: Patrício.

❖

Mal podia esperar que Luciene lhe confirmasse o dia da festa, mas só os colegas de Robson ligaram, entrando e saindo do apartamento quando a mãe deles não estava.

Robson pensava que ninguém desconfiava de nada.

❖

Não pôde deixar de achar vergonhoso que o telefone tocasse quando se masturbava no banheiro, sendo interrompido por Fava:

— Than! Luciene!

— Já vou! — fez ele, lutando para reter o jorro.

Saiu um pouco suado e levou ao ouvido o fone que a irmã depositara ao lado do aparelho telefônico:

— Oi, Lu... Putz! E a festinha, vai rolar quan... Hã... Hã... Um-hum... Sei... Quê?! O quê?! Não, Lu, não!... Por fav... É brincad...?! Não, meu Deus do céu!... Quando foi?!... Quando?... Como é que... Meu Deus! E por que você não... Claro, claro... Não, desculpa, é que eu... Ah, Lu... Que... Não... Eu... Quando é que é o velório?

❖

O coração aumentado de seu Wilson bateu pela última vez na metade das férias. A morte recaiu sobre a família como uma bomba, apesar do acúmulo de evidências que pressagiavam aquele desenlace.

O velório foi palco da tristeza de d. Wilza, cujo marido geria as providências práticas. Bujão e Maisena estavam junto aos irmãos, não menos abalados.

— Muita força, tá, gente? — disse Maisena. — Deus sabe o que faz... Eu sou espiritualista, gente, nessa hora... Olha, muita força, muita paz, tá bom?

Bujão também devotava sincero consolo.

Jonathan, abraçado a d. Wilza, era confundido com um membro da família do defunto, tamanha sua prostração, mesmo sem verter uma única lágrima.

Sérvio Túlio foi o último em chegar ao cemitério São João Batista, de agasalho Adidas e boné, não o de *The Mighty Ducks*, mas outro, sem etiqueta. Vinha da recuperação. Sua extroversão não deixava de chocar alguns:

— Fala, galera, beleza? E aí?

Repetia frases desconexas e até inoportunas:

— Cara, que loucura... Cara... Que loucura... Caralh... Cara...

Avistou Jonathan apoiado em d. Wilza que, no assento acoplado à parede, de pernas entreabertas, testa imersa nas mãos, esperava uma providência vinda diretamente do chão a seus pés.

O rito afligia Sérvio Túlio, compelia-o a rir sem parar. Abria e fechava o fecho ecler do agasalho, apesar do vento frio, tirava e botava o boné.

— Tá rindo do quê, garoto? — disse Bujão.

— Cara, sei lá... Cara... Me dá um troço... Cara, se eu fico nervoso, aí... Cara, não consigo parar... Caralho...! Putz! Não, aí... Aí, na boa... Cara... Sei lá, não consigo... Cara... Foi mal, galera, aí, eu... Na moral...

— É muito idiota mesmo! — disse Maisena.

O jovem recorreu a um paliativo:

— Cara, muito foda a recuperação, aí, na moral...! Pô, os professores tudo trocado...

— É, eu ouvi dizer... — aligeirou-se Bujão, tentando sair do embaraço.

— Os professores da tarde e da noite, né? — disse Maisena.

— É, cara! Na moral, não dá pra se dar bem, porque tu não tem as manhas do cara, sabe qual é? Foda pra colar...! Os caras botam uma carteira vazia entre cada um, tipo... Porra, às vezes duas! Não, na moral, foda!

A articulação do rapaz era tão desjeitosa que não podia deixar de ser engraçada, fomentando sorrisos até mesmo dos irmãos.

— Garoto, para com isso! — ralhou Bujão.

Júnior, o namorado de Luciene, chegou com um lanche sumário para a família: pães de queijo, mate e cafés.

A festa fora cancelada.

3. ACIMA DE TUDO, UMA CORTE

I

Crica nunca mais telefonara para a casa deles, no Fonseca.

❖

O atraso curricular abriu a necessidade de aulas extras no segundo semestre, algumas nos fins de semana.

— Gedel é foda, *compade*...! — protestava Sérvio Túlio, no recreio. — Ele corrigiu errado aquela porra! Vai ter que me botar mais dois décimos! Vou subir pra 0,4!

— Cem por cento de melhora! — atacou Maisena.

Bujão não secava Sérvio Túlio como antes das férias; cabelo desbastado, batom de outra marca (porque aguentava muito mais tempo nos lábios) e mesmo o andar era menos ornitológico. Discreta mudança, mas não imperceptível se se observasse com carinho.

Sérvio Túlio não cutucava mais. Jonathan sentia-se o agente da melhora do amigo. "Eu posso te polir se você quiser, Sérvio Túlio", diria.

Talvez nem ligasse caso Sérvio Túlio transasse com alguma garota. Alguma garota, mas não Karla, a quem Ângelo deveria domesticar.

Nessa época específica, ela saía com um cara do Leblon, um tal Portugal, que a transportava numa picape S10.

❖

Luciene abraçou o namorado:

— Quando é que gente vai conhecer ela?

Os grupinhos se despediam à porta da ETECOP. Júnior estacionara o carro no terminal Menezes Cortes.

— Ponto de pegação de veado aquela porra! — desfechou Sérvio Túlio, referindo-se ao banheiro público do estabelecimento. — Aquela porrada de Bento Alves, tudo manjando a rola um do outro...!

— Já manjou muita rola lá, né? — disse Mundo.

— Não fode, porra! Tava apertado, caralho!

— Trem da alegria! — complementou Jonathan, rogando que Júnior encontrasse a frase suficientemente madura.

— Hein, Jay? Quando é que gente vai conhecer Patrícia?

— Putz, Lu, ela tá estudando essa hora...

— Ela mora lá em Niterói também? — quis saber Júnior, fazendo-o sentir-se desconfortável.

— Mora. Mora em Icaraí.

Júnior pôs as mãos no lacre da bermuda:

— Tem um tio meu que morava lá em Niterói, morava em Alcântara...

— Não, mas Alcântara não é Niterói. Todo mundo pensa que é, mas não é... Alcântara é São Gonçalo, outro município — esclareceu Jonathan.

— Pra mim, passou da poça d'água[10] é tudo a mesma merda! — redarguiu Bujão.

Sérvio Túlio improvisou um esquete:

---

10 Baía da Guanabara.

— Porra, a única coisa que tem em Niterói é duas coisas: Bento Alves e pão italiano! Quem é Bento Alves passa pra lá, quem é pão italiano passa pra cá! "Aí, pão italiano eu não sou, não!" Então passa pra lá!

Mundo interveio:

— O cara sai lá de Madureira pra sacanear a terra dos outros...!

Sérvio Túlio engendrou a carantonha de um criminoso da Zona Norte:

— Aí, abre o olho, aí, playboy, que lá na minha área o filho chora e a mãe não vê, valeu?

Todos riram.

❖

A casa de Santa Teresa permanecia de luto, e o Câmera 1 se reunia no apartamento de Bujão, em Vila Isabel. Seu pai fornecera uma Panasonic M3000 VHS.

Luciene noticiava que d. Wilza não superara a morte do pai. O abalo a fizera aumentar sensivelmente de peso, agravando a diabetes, e vinha batalhando para largar a bebida:

— Mas olha, Jay, ela tá doida pra conhecer Patrícia, disse só pra esperar um pouquinho pra você levar ela lá em casa, que agora não é uma boa...

❖

Irã acuou Robson até um canto da sala à base de tapas e socos. A ex-mulher o acionara depois de surpreender o filho fumando.

Flávia gritava.

Jonathan presenciou tudo. Teve... Teve o pressentimento de que aquela surra era um aviso! Que o pai a estivera burilando anos a fio, que a crueldade imposta a Robson era uma

mera demonstração do que poderia infligir a quem não su-
purasse de vez.

❖

O curta do Spellbound era, sem dúvida, esplêndido. Ângelo, autor do roteiro, obtivera o empréstimo de trilhos para a
execução de uma *travelling*. Com Débora impecável como con-
trarregra, e Jerry Lewis entre produção e edição, impressiona-
ram até mesmo o professor de Audiovisual.

Houve quem achasse o vídeo melhor que muito material
da MTV — Maisena, por exemplo.

O Câmera 1 ficara para o fim. Maisena introduziu a fita
antiga no videocassete, registro da experiência de Sérvio Túlio
interatuando com a locutora:

— Desculpa, gente, não era essa fita, não, foi mal.

— Não, não, peraí, deixa a gente ver um pouquinho — disse o professor.

Todos assistiram ao telejornal. Hamilton Freire encerrou
a sessão:

— O Câmera 1 está de parabéns! Uma mudança de cento e
oitenta graus! Os membros da equipe se entreolharam.

Freire fez um preâmbulo:

— No caso do Spellbound, o que que a gente tem? Alguém
sabe dizer?

— Acabamento... — disse Areia Mijada.

— Exato! Apuro técnico... Tem alguns pontos aqui e ali
que eu acho que a gente podia conversar, mas, no geral, muito
legal...

Karla sorriu para Ângelo, sob a vigilância de Maisena.
Freire continuou:

— Agora, no que se refere à cenografia, ao ritmo, à narra-
ção, é um trabalho que tá dentro dos parâmetros, quer dizer, a
gente pega e olha o que tá sendo feito agora em termos de vídeo

e olha o Spellbound: tudo na mesma linha, sem tirar nem pôr. Você bate o olho e diz: "Ah, isso aqui tá inspirado em tal coisa, isso aqui tá inspirado em tal coisa"... Tá ali, pau a pau com o que se faz hoje em dia, correto? Agora, no caso do Câmera 1, o Câmera 1 não se alinha com um parâmetro... Ele extrapola os parâmetros... Não sei quem teve a ideia de fazer o jogo de câmera, mas realmente, olha... Muito, muito interessante! Quer dizer, você não vê telejornais com esse dinamismo...! Essa câmera orgânica, que fecha, abre, fecha, abre... Girou...! Tipo um balé...! Eu seguiria por aí... Realmente, o grupo está de parabéns...!

Jonathan ordenaria que todos pedissem perdão de joelhos a Sérvio Túlio.

II

Zoghby incensou o decote de Pâmela:

— Gostei de *veeer*... Você, hoje, está *luminosssa*, *soltahhh*...

A aluna limitou-se a fingir que buscava algo na mochila de pano.

De um em um, os presentes iam entregando a redação sobre efeito estufa solicitada anteriormente. Zoghby acusara inúmeras variações de humor desde o trote, mas não deixava de sobre-exceder o cavalheirismo com a ala feminina da classe.

— Que nojo! — reiterava Karla.

Sérvio Túlio espichou o corpo — Jonathan lhe havia formulado praticamente todo o texto — e lançou o exercício de uma distância próxima à mesa do professor, mas não o suficiente para impedir que o papel fizesse uma pirueta e fosse parar no chão.

— Mal aí, Zog... — disse ele, colocando o dever sobre a bancada, estampando o contumaz riso nervoso.

Desde o dia em que o expulsara, Zoghby tinha o rapaz na conta de malcriado:

— Qual é a *graççça*, pode-se saber?

— Escapuliu, Zoghby...

— Tá achando *engraçççadohh*?

— O quê? — disse Sérvio Túlio, avivando involuntariamente a expressão.

— Não sei, *vocccê* que deve saber.

— Não, na boa, escorreguei de leve...

— Ai, garoto, cala a boca, cala...! — intrometeu-se Karla.

— Cala a boca já morreu, quem manda na minha boca sou eu!

Não eram novidade as sentenças pueris, mas Karla não deixou barato:

— Vem cá, não cansa de ser ridículo, não, garoto? Cresce um pouquinho, cresce...!

— Sou grande já, quer ver? — disse ele, levando as mãos às calças como se as fosse baixar.

A turma se alvoroçou. Zoghby alarmou-se:

— Ei! Ei! Que negócio é *esssse, rapazzz*?!

— Ela que falou ali, Zoghby — fez Sérvio Túlio, sempre sorrindo.

— Virou no santo da babaquice?! — disse a jovem.

— Isso é jeito de falar com a *colegaahhh*?

— Ela me xingou de babaca...!

A classe instigava: "Xiiii...!"; "Vai deixar?!"; "Ih, vacilou!" etc.

— Peça *desculpasss* agora à *colegahh*! Agora! — fez o professor.

— Mas ela que me chamou de...

— Peça desculpas à *colegahh*, já!

— Cala a boca aí, mané! — aconselhou o irmão de Luciene.

— Foi ela que começou, Zoghby...! — insistia o jovem, vermelhíssimo.

— Nareba, não fala comigo, não, tá? Quem brinca com criança amanhece mijada, e agora eu não tô disposta...! — disse Karla.

— Beleza, mais tarde então te boto uma pressão! — retorquiu Sérvio Túlio, incapaz de dar a polêmica por encerrada.

A turma dobrou a aposta: "Ai!"; "Huuuuummmm!"; " "Vai peidar?"; "Chamou pra porrada!".

— Acabou! Vem *aquihhh*!

— Não, peraí, Zoghby, ela ali que...

— Acabou! Acabou! Vem cá, vamos lá na *diretoriahh*! A gente tem que aprender a tratar as *colegasss*, isso é forma de tratar uma menina *desssas, assssim*?

As últimas sílabas destiladas pelo docente, seguidas de um olhar que Karla reputou asquerosamente libidinoso, a fizeram crepitar:

— Olha, Zoghby, na boa, não precisa dar lição de moral, não, que eu não pedi pra ninguém me defender, não, tá? Sinto muito, mas não precisa, não, na boa! Quando eu quiser que alguém me defenda, pode deixar que eu falo com meu pai que é advogado, na moral...! Muito obrigada por nada!

O estupor do professor transcendeu o espaço da sala de aula, chegando até a calçada em frente ao prédio e as ruas adjacentes. A frase trazia embutida uma ameaça que Zoghby não desconsiderou. Recuou em sua tática, apontando uma carteira grudada ao quadro negro, na penúltima fila:

— Vem cá, *sssenta* ali na frente!

Sérvio Túlio suava em bicas:

— Por que, Zoghby, que que eu fiz...?

— Ali, senta ali! Ali! Anda, *levantaahh*! Acho que você tá precisando mudar de *aresss*, esse lugar onde você senta tá muito *carregadoohh*, você tá precisando dar uma *esfriadaaa*...

O rapaz alojou-se na banca indicada sem desarmar o sorriso.

— Isolaram o vírus! — buzinou Jerry Lewis.

❖

Pâmela bateu palmas:

— Bem feito! Bem feito...! Cara...! A cara dele?!

— Ah, gente, muito escroto! Não aguento, *darling*, me poupe! — dizia Karla, rodeada por amigas no corredor depois da aula.

Sérvio Túlio a circundou e lhe disse qualquer coisa bem de cerca — que Jonathan, de onde estava, não conseguiu decifrar. A jovem fez o pouco-caso com que brindava a todos os carinhas, inclusive alguns com quem já havia ficado.

Jonathan achou por bem catalogar esse pormenor.

Maisena carrapateava Ângelo, a pretexto de esculhambar os irmãos Gallagher, destaque do último número do *New Musical Express*. Opunha-se a reconhecer que o rapaz e Karla ultimamente vinham trocando certo tipo de... coleguismo...?

Jonathan catalogou isso também.

— Tu tá maluco!? Cara, como é que tu...?! Que vacilo! Depois do que rolou...?! Eu tava pensando que...! Caraca, cara, como é que tu...?

— Porra, nem liguei tanto assim... Liguei só uma vez antes das férias...

— Não chega?!

— E duas nas férias...

Jonathan quase caiu para trás. Sérvio Túlio confidenciava que prosseguira em segredo o trote em cima do professor de Geografia. Se haviam ocultado no oco das escadas, no passadiço:

— Porra, senão ia parecer que Bianca não existe, mané... Hahaha...!

— Cara, cê tá...?!

— Porra, Jay, qual é? Caralho, haha... Tinha que ver ele, tipo assim: "*Poxxxa*... mas você sumiu aquele *diiiiahhhh*...". Hahahaha! Porra, tinha que ver...! Ca-ra-lho!

A equipe combinara a gravação final do telejornal no estúdio disponibilizado por um amigo do pai de Bujão, na Gávea, para a semana seguinte.

Não dormiam na casa de Vila Isabel como na de Santa Teresa, impossibilitando Jonathan de velar Sérvio Túlio durante a noite.

— Cara, tu é maluco... Cara... Se essa parada vaza?

— Porra, Jay... Tava na pilha, porra... Tu viu a cara dele? Hahahaha...! Porra, aí, só quem sabe dessa porra é tu, *compade*... Vê lá, hein? Não vai me foder!

❖

Jonathan não partilhara a euforia da classe no dia em que Karla abateu Zoghby à queima-roupa porque o projétil ricocheteara a favor de Sérvio Túlio.

Rebobinava a cena do corredor: Sérvio Túlio dizendo qualquer coisa bem de cerca e Karla fazendo pouco-caso.

Deveria lavrar por escrito que o posto de protetor de Sérvio Túlio já estava ocupado? "Muito obrigado, Karla, mas não precisa, não, tá bom? Pode se retirar e voltar à circunscrição que te cabe", grassaria a petição.

A não ser que... A não ser que a antipatia da menina por Sérvio Túlio não fosse bem antipatia...

Essa ideia o machucou como nenhuma outra.

Era preciso que Ângelo a neutralizasse de uma vez por todas!

❖

"Crente é bacorinha! Crente é bacorinha, Crente é bacorinha-inha-inha!", era o que ele e Robson repetiam na infância para mangar de Crica, antes da ETECOP, antes dos cigarros, da medalha de Fava, antes que a vida se personificasse em Santa Teresa.

❖

Dormir todos os fins de semana no Fonseca era o mesmo que amputar os braços, porque não estava mais a um toque de distância da frente de Sérvio Túlio pelas manhãs. Mal continha o ímpeto de dizer: "Eu sou o único que pode te salvar, Sérvio Túlio, ao contrário de outras pessoas!". Frisaria o "outras pessoas" para minar o atrevimento de Karla.

❖

As folhas para passar a limpo, arrancadas ao caderno de Sérvio Túlio, sulcadas de ambos os lados por canetas e lápis, não tinham a mesma essência do agasalho Adidas, mas eram o único pecúlio de Jonathan naquele agro segundo semestre. Talvez por isso andasse tão irritadiço.

Sonhou que Sérvio Túlio o retinha no fundo da piscina dos Lourense por tanto tempo que aprendera a respirar debaixo d'água, só para poder dizer ao ouvido do rapaz, flutuando com ele na rede sob o sapotizeiro: "Roubo teu cheiro pra mim"; mas com tal veracidade que ejaculou.

Elevou o torso nu em desespero, certo de que Robson assistira de camarote enquanto ele estrebuchava a noite toda. Negociaria infinitas vantagens em troca do sigilo do irmão, mas Robson roncava pesadamente na cama ao lado. O relógio marcava 3h47 da manhã.

Se trancou no banheiro, praguejando contra seu Wilson. Sentenciaria o velho à vida eterna mesmo que o coração inchasse até drenar por todos orifícios, só para não ser privado do corpo de Sérvio Túlio na madorna, para não ser obrigado a se contentar com uma esmola de fragrância cada vez que Sérvio Túlio suplicava *help* com os deveres.

"Traz todos os teus cadernos, Sérvio Túlio, eu os manterei a salvo até que te seja permitido ingressar na faculdade", era o que lhe diria, se pudesse.

❖

— Putz, Jay, nem deu pra gente conhecer ela... — disse Luciene.

— Pois é, não tava rolando mais...

Jonathan não conseguiu manter a história de Patrícia por mais tempo, preferindo decretar que haviam rompido:

— Tô na pista de novo!

❖

O estúdio na Gávea fora deixado à disposição do Câmera 1. Bujão se embaralhou com o script, arruinando vários takes. Maisena era mais dinâmica. Ensaiara previamente, empenhada em reluzir para Ângelo. Jonathan retocava a segunda parte do roteiro. Mundo e Luciene erguiam cartolinas à guisa de teleprompter, marcando com Sérvio Túlio, o cinegrafista, uma apalermada coreografia:

— Porra, Mundo, meu pé aí, *rapá*!

— Mal aí...

Luciene baixou a placa:

— Galera, a gente tá querendo armar a festinha depois das provas...

Jonathan tiritou intimamente. Maisena tomou um gole d'água:

— Sua mãe tá legal já, Lu?

— Assim, é aquilo... Papai fica dando pra trás, mas ela tá super a fim de ver a galera toda, tipo assim...

Sérvio Túlio alinhou a câmera:

— Bora lá, mais uma!

— "E o que seria dos efeitos especiais se não existisse alguém como Ray Harryhausen?" — declamou Maisena.

Sérvio Túlio a orientou:

— Quando for virar, fecha os olhos primeiro, entendeu? Aí eu te pego de lá... No bom sentido, quer dizer, haha...

Os elogios de Geraldo Magela e Hamilton Freire o haviam promovido a diretor da equipe, função que antes cabia ao mais velho dos Lourense, mas Mundo não se opusera ao câmbio, preferindo isso a negacear preciosas horas massacrando inimigos no *Quake*.

Era notável como não ridicularizavam mais Sérvio Túlio, nem repudiavam tudo quanto sugerisse. Quer dizer, Jonathan não sabia se era notável, mas a seu juízo...

❖

Pena que proezas em Audiovisual, RTV e Marketing não endossavam o vestibular. Seu Lula, pai de Sérvio Túlio, concordara em bancar uma faculdade particular, mesmo que tivesse de multiplicar a quilometragem das viagens de táxi, desde que o filho não fosse reprovado na ETECOP — era seu ultimato.

— Caralho, Jay, não dá!

— Contou direito?

— Contei, porra!

— Conta de novo.

Estavam no McDonald's. De um total de vinte pontos necessários para aprovação direta, o ápice foi 15,6 em História. 10,5 em Matemática, 9,2 em Química, 12,9 em Português e um assustador 5,8 em Física.

— Cara, tô fodido, meu pai vai me matar! Fodeu, Jay, fodeu!

Arrematando as últimas batatas fritas do saquinho, Jonathan imaginou poder engraxar a engrenagem, aperfeiçoar seu funcionamento:

— Na recuperação zera tudo...

❖

But we're trash, you and me
We're the litter on the breeze
We're the lovers on the streets
Just trash, me and you
It's in everything we do
It's in everything we do[11]

Sua mãe desligou a aparelhagem de som, assombrada com os decibéis que faziam tremer o Fonseca inteiro.

---

11 Brett Anderson/ Richard Oakes, "Trash" © BMG Rights Management.

III

Professores de Matemática, História, Geografia ou Física só compareciam ao auditório da ETECOP para constatar o desazo de Hamilton Freire, Geraldo Magela e Caio Prado, de RTV, em organizar o Cross Session, a exibição final dos trabalhos audiovisuais.

O documentário sobre lixo reciclável apresentado pelo grupo Puma angariou grande leva de vaias advindas do Técnico B. O Técnico A tampouco perdoou a sequência de três vídeos seguidos realizados pelo Técnico B: uma matéria sobre a Lagoa Rodrigo de Freitas, um clip musical rodado por meio de câmeras acopladas a parapentes e um tosco desenho animado narrando as origens do samba no Rio de Janeiro.

A gritaria só diminuiu quando *Antes e Depois de Ontem*, curta-metragem do Spellbound tomou a tela. As cenas de guerras e convulsões políticas, intercaladas com indie rock, culminaram numa salva de palmas procedentes até da parcela mais radical do Técnico B.

Maisena foi quem mais aplaudiu.

A projeção do telejornal *Câmera 1*, embora não infundisse a mesma comoção, mereceu louvores, graças ao bailado entre objetiva e locutoras, além do acréscimo de excertos do filme *Fúria de Titãs*, editados de última hora por Sérvio Túlio e Mundo.

O grupo Zênite, tendo Karla como protagonista do anúncio da agência de viagens Master Trip, criada para a peça publicitária, foi notavelmente convincente.

A algazarra cresceu até que, exaustos, os intendentes das disciplinas técnicas deram a mostra por encerrada.

❖

O pai de Maisena a levou embora logo após a sessão, e a menina mal teve tempo de dizer adeus a Ângelo na calçada da Pastelaria Padrão, onde as turmas se conglomeraram. Ao pé do rapaz estava Sérvio Túlio, agachado no meio-fio. Conferenciavam com punhados distintos de colegas, mas a proximidade os convertia numa espécie de núcleo ao redor do qual orbitavam os demais estudantes.

Onde Portugal estacionara a S10? Portugal era alto. E sadio. Dicção da Zona Sul do Rio. A boca transvasava o rosto quando sorria. Sorria mais do que Karla, a quem puxou para si, recostando-se com ela em um fradinho, a duas braçadas de distância de onde se encontravam Ângelo e Sérvio Túlio, e ao menos uma vez desviou a jovem o olhar para aquele ponto.

A rapidez do meneio, contudo, não permitiu a Jonathan identificar a qual dos dois rapazes se destinara a mirada...

❖

Jonathan e Sérvio Túlio contrastavam os respectivos boletins no McDonald's da Uruguaiana.

— Caralho, Jay, fodeu! Porra, olha só tua folha... — As notas de Jonathan, em azul ultramarinho, pouquíssimas abaixo de 10 ou 9,5, eclipsavam as do amigo, um bloco de círculos vermelhos, tachados por uma linha dura e insensível. — Agora olha a minha! Tá com sarampo, essa porra! Caralho, eu não posso mostrar essa merda pro meu pai...!

Jonathan sabia que a aflição não permitiria a Sérvio Túlio empanar o sorriso:

— Matemática, Física, Química, Biologia, Inglês... Inglês?

— Porra, que que tu queria?! Malvina nunca foi com a minha cara! — disse Sérvio Túlio, referindo-se à professora da matéria, uma senhora rígida e antiquada.

— Geografia... Haha!

— Cara, meu pai não vai querer pagar a porra da recuperação, eu tô fodidaço!

Jonathan ativou a otimização da engrenagem:

— Tá com tua identidade aí?

— Quê?

— Tá com a tua identidade?

— Pra quê?

— Empresta aqui.

— *No way*! Tô muito com cara de bosta nessa porra dessa foto!

— Empresta aí, mané, deixa de ser otário!

— Tá de sacanagem...!

— Empresta aí, na boa!

Sérvio Túlio chupou o canudinho da Coca-Cola.

— Vacilão... — provocou Jonathan. — Tô querendo adiantar teu lado...

— Mostra a tua então primeiro, porra!

Jonathan puxou a carteira:

— A minha tá aqui, ó...

Não faziam nenhuma questão de falar baixo, atazanando outras mesas.

— Ó, vê lá, hein, Jay?

Sérvio Túlio tirou um molho de papéis enrugados do bolso, entre os quais se encontrava a surrada carteira de identidade, trazendo-a alguns centímetros à frente, o suficiente para que Jonathan, em um movimento inesperado, a surrupiasse, desmarcando-se do colega com uma rompedura de corpo.

— Filho da puta! — disse Sérvio Túlio, perseguindo-o escadas abaixo.

Shame on me
Well I had the beast, you see
And if he can take it
I can take him home with me[12]

— Tá fodido, Jay!

Terçaram o Largo da Carioca, fintando camelôs, até o passadouro do edifício Avenida Central, subindo em sentido invertido as escadas rolantes da galeria de lojas.

— Parou, parou! — fez Jonathan, brecando.

Sérvio Túlio lançou-se sobre ele, que teve somente o tempo de esconder as mãos, salvaguardando o documento:

— Xerox! Xerox!

— Me dá essa porra!

Jonathan mostrou uma papelaria onde se sacavam fotocópias:

— Xerox...!

— Pra quê, porra? — disse Sérvio Túlio, soltando-o.

— Quer passar de ano?

And when we go lassoing
You get lassoed, all of you
If you can take it
I can take it
We're moving
So moving
So we are a boy

---

12 Bernard Butler/ Brett Anderson, "Moving" © Kobalt Music Publishing Ltd., BMG Rights Management, Warner Chappell Music, Inc.

We are a girl
So moving
So moving[13]

❖

Por que tia Brunei não ia embora assim que o assunto decaía, em vez de esquecer-se na poltrona, alienada pelo programa de TV?

Olha o Tchan que já chegou
Levantando o seu astral
Balançando essa galera
Requebrando bem legal
Alô lourinha, ô lourinha
Você sabe mexer
Moreninha, moreninha
Você sabe mexer[14]

❖

Sim, mais de uma vez ao dia. Mais de uma vez ao dia, Jonathan se enfiava no lavabo, sacava a fotocópia da carteira de identidade de Sérvio Túlio e plagiava diligentemente a assinatura do colega em um papel à parte: Sérvio Túlio Alan Gomes, Sérvio Túlio Alan Gomes, Sérvio Túlio Alan Gomes, Sérvio Túlio Alan Gomes, Sérvio Túlio Alan Gomes...

❖

Sugeriu outro local quando Luciene propôs de se encontrarem no McDonald's no sábado.

---
13 Bernard Butler/ Brett Anderson, "Moving" © Kobalt Music Publishing Ltd., BMG Rights Management, Warner Chappell Music, Inc.
14 Roberto Pereira Dos Santos/ Itaraci Bispo Machado/ Claudio De Souza Santana, "Dança do põe põe" © Universal Music Publishing Group.

D. Wilza começava a desfazer-se do que não levaria consigo depois do divórcio, precipitado pela morte do pai.

A ETECOP havia programado o evento de formatura para as proximidades do Natal. Jonathan chegou ao CCBB relativamente cedo.

— Demorei muito? — disse Luciene, de mãos dadas com o namorado.

— Quase nada — respondeu Jonathan, beijando-a no rosto.

Júnior apertou-lhe a mão com força descabida:

— Fala aí, Jay, beleza? Solteiraço na parada?

Jonathan contraiu levemente os lábios:

— Haha... Vamo ver, aí, qual é...

Júnior o fixou cinicamente:

— Pô, nego acha que sábado é mais tranquilo de estacionar aqui no Centro, mas tivemos que dar a maior volta lá por trás, pra deixar o carro.

— Deixaram no Menezes Cortes?

— Deixamos aqui, na Perimetral — disse a menina.

— Pô, se eu soubesse, a gente tinha marcado lá na praça XV — disse Jonathan.

Júnior inclinou-se para a namorada:

— Que que você quer?

— Acho que eu vou querer um pãozinho de queijo e uma Coca-Cola. Não, um café com chantilly, melhor...

— Demorou. E Jay?

— Não, não tô com fome, não...

— Fala aí, *rapá*, não quer um pão de queijo?

— Não, não, valeu, na boa, brigado.

Enquanto Júnior se afastava, Luciene entregou a Jonathan uma sacola de plástico:

— Olha, vê se tá tudo aí.

— Cara, minha bermuda azul! — disse Jonathan, examinando o conteúdo do saco. — Achava que eu tinha perdido!

— Haha... Pior que mamãe achou junto dos panos que ela forra a casinha de Esquila...

— Haha! Caraca! Como é que foi parar ali?

— Cara, sei lá...! Andou sozinha!

Jonathan baixou a cabeça:

— Cara, Lu, quando cê me falou... Eu senti pra caramba, não pensei que fosse rolar de verdade... Você pensa que o treco vai entrar nos eixos...

— É... Mas a gente já esperava no fundo, sabe, Jay... Tipo, assim, lá em casa, cê viu, né? Papai naquele esquema, tipo assim, maior clima... Pô, sei lá... Tem horas que é melhor dar um basta logo, sabe?

— Eu sei como é que é... Meus pais também são separados há um tempão, então...

— Mamãe falou com Virgínia pra ficar com Esquila Maria... Assim, levar cachorro pra apartamento... Não rola, assim... Virgínia mora em casa, com um quintalzinho...

— Vai ser melhor pra ela...

— Pois é...

— E vai rolar o churrasco? — fez Jonathan, mais ansioso do que gostaria.

— Vai rolar, vai rolar, tá de pé... Mamãe sente a maior falta da galera, você sabe, né?

O jovem suspirou aliviado:

— A tia é demais... Adoro demais ela...

— Pô, ela adora a galera, também, você principalmente!

— E Mundo, hein?

— Pô, Henrique... Tipo assim... Sei lá, Henrique não tá levando muito na boa, não... A gente já conversou, né? Não sei se ele meio que culpa mamãe e tal...

Jonathan espiralou as alças da sacola:

— Pelo menos vocês passaram direto, né? A tia ficou felizona...

— Não, claro, superfeliz... Teve a maior galera que não passou, né?

— Ah, tô por fora, não fiquei muito ligado esses dias... — fez o rapaz, fingindo ignorância.

— É, tipo Jerry Lewis, Areia Mijada, Paola... A galerinha lá de trás, Karla...

Um frêmito percorreu o corpo de Jonathan:

— Karla também?

— Acho que sim... Não tenho certeza.

Luciene olhou para os lados, como se a espionassem:

— Não sei se eu cheguei a comentar com você...

— O quê?

— O pai de Júnior...

— Que que tem?

— Aquele treco do escritório...

— Que o pai dele ia montar pra ele...?

— Vai rolar...

— Que maneiro!

— Pois é... Só que... Tipo... Cê sabe que a família dele é do Espírito Santo, né?

— Ã-hã...

— Ele já terminou a faculdade... Bom, ele tá morando com a tia, no Flamengo...

— É, cê falou...

A menina selecionava as palavras:

— Então... O pai dele meio que...

— O pai dele disse pra ele voltar?

— É, mais ou menos... Na verdade, o pai dele disse que ele não precisa voltar sozinho...

Jonathan a abraçou como se ouvisse a notícia dos lábios de uma irmã amada. Ela mudou de assunto ao perceber que o namorado regressava do bistrô do centro cultural:

— Não diz que eu te falei, não, tá?!

Jonathan assentiu discretamente.

— Fila do cacete no banheiro! — disse Júnior, de mãos vazias.

A jovem estranhou:

— Não esqueceu nada, não?

— Esqueci. A carteira!

IV

Era imperativo tomar o ônibus para o Centro de Niterói antes do primeiro raio de sol se não quisesse perder a barca das seis da manhã. Driblara na véspera os remoques de Robson e Flávia, quando o viram de cabelos tingidos, com a desculpa de emular a Damon Albarn — utilizara uma tonalidade de castanho bem mais desmaiada que a do objetivo final, para compensar o negrume denso de seu pelo.

Os portões da ETECOP seriam trancados irrevogavelmente às 7h10. A recuperação atenderia a todas as classes em sistema de rodízio por duas semanas, cabendo ao Técnico A dividir as manhãs de segunda, quarta e sexta da primeira semana, e de terça e quinta da semana seguinte, com a turma de Master.

Balouçando monotonamente à proa da embarcação já repleta, Jonathan reviveu a estupefação de Sérvio Túlio ao confrontar as assinaturas:

— C-caralho...! Puta merda, Jay... Tu é o maior falsário! Puta que o pariu! Puta que o...

Desceu na praça XV às 6h22 e enfiou pela Sete de Setembro. Divisou Sérvio Túlio, paramentado com o agasalho Adidas verde e o boné preto de *The Mighty Ducks*, no cômpito com a Rio Branco.

— Porra, meu cabelo não é dessa cor, não!

— Você que pensa!

— Caralho, Jay, caralho! Acho que não vai dar certo, essa merda...!

— Alguém te viu?

— Viu!

— Tem certeza?

— Tenho, porra!

Um detalhe não fora previsto pela dupla: o comércio do Centro só inicia os labores a partir das oito da manhã.

— Caralho! — fez Sérvio Túlio diante das portas de aço galvanizado gelidamente baixadas do McDonald's da Uruguaiana.

Proceder a céu aberto não seria prudente.

— Se alguém vê a gente, ferrou!

— Caralho, Jay, no metrô! No metrô não tem banheiro?

— Pra passageiro, acho que não...!

Sérvio Túlio ria compulsivamente:

— Na porra do Menezes Cortes!

Jonathan estimou o trajeto, descendo a Nilo Peçanha para acessar o terminal pela rua São José, incluindo a volta e o tempo para o escambo:

— Não dá tempo...!

Comparou os trajes de cada um. As calças jeans eram similares, mais claras que escuras. Os tênis, ao contrário, eram totalmente diferentes...

6h58. Instintivamente, marcharam para a rua Buenos Aires, aproximando-se da Igreja de Nossa Senhora do Rosário, a mesma que testemunhara o fiasco amoroso de Zoghby meses antes. Um bando de mendigos dormia rente ao muro à direita do templo, cujo portão de enlace com a pequena rua Reitor Azevedo Amaral estava fortuitamente aberto.

— Chega aí, chega aí! — disse Jonathan.

Sérvio Túlio seguiu o amigo, evitando pisar nas pessoas ali apinhadas:

— Mal aí, galera…

Jonathan acoitou-se do outro lado do muro:

— Tira aí, tira aí, vai, vai, vai!

Calçou os tênis que Sérvio Túlio chutou para cima sem desamarrar os cadarços; auxiliou o parceiro a despojar-se do agasalho e o vestiu em seguida, subindo o fecho ecler até tapar a boca e o nariz, aspirando o suor impregnado na peça. Arrancou-lhe o boné da cabeça e atochou na sua própria.

E a semelhança física que havia entre eles resplandeceu por todo o hemisfério. Os indigentes se manifestaram:

— Verdadeira sopita…! Uma coisa bela de se ver de toda natureza, benza Deus… — disse aquele que parecia o líder.

Jonathan checou a hora em um dos faustosos relógios digitais espalhados pela cidade: 7h07; temperatura, 27°. Entrecruzou a vista com o amigo e zarpou em disparada.

Chegando ao prédio da ETECOP, ignorou o elevador, trepando de dois em dois os degraus da escada ao lado direito. Materializou-se na segunda planta e transpôs a admissão no instante em que Piu-Piu, um dos inspetores, de barba grisalha, delgado, roupas folgadas e pele afogueada, volteava a chave da tranca.

Just trash, me and you
It's in everything we do
It's in everything we do[15]

❖

Efetivamente, o coordenador era um professor do período da tarde, careca, barbudo e gorducho. Jonathan programara

---

15 Brett Anderson/ Richard Oakes, "Trash" © BMG Rights Management.

utilizar a totalidade dos cinquenta minutos convencionados para o exame, diminuindo assim a chance de topar conhecidos no intervalo.

Quase assinara o próprio nome na ficha de presença, quando entrou por último na sala.

Tanto Davizinho, correligionário da antiga Zona Sul, como Areia Mijada ali estavam.

Lera e relera o questionário, convicto das respostas, e mesmo os cálculos já estavam resolvidos de memória.

Transcorridos três quartos de hora, Davizinho e Areia Mijada haviam desaparecido, mas dois outros alunos se digladiavam ainda pela vida.

Um deles entregou a prova e saiu, abatido. Faltando dois minutos para expirar o prazo regulamentar, Jonathan se pôs a trabalhar com fúria:

1) Hidrocarbonetos podem ser obtidos em laboratório por descarboxilação oxidativa anódina...; essa reação é utilizada na síntese de hidrocarbonetos diversos...

Letra C, 2,2,5,5-tetrametil-hexano!

Os segundos passavam cada vez mais rápido.

Questão 4, letra B!

O aluno restante espirrou.

7) Vários ácidos são utilizados em indústrias...; as equações envolvidas no processo...; com base nos valores das constantes de equilíbrio das reações II, III e IV a 25ºC, qual é o valor numérico da constante de equilíbrio da reação I?

Letra B!

Quarenta segundos para o final. O retardatário ergue-se...

Questão 10, letra A!

... e deposita a verificação na mesa do professor...

Questão 13, letra D!

... que confere o relógio.

Questão 17, C!

O rapaz se retira.

Questão 18, C! 19, A! 20, E!

Soa a sirene.

Questão 21, A! 22, B! 23, A!

O professor se acerca...

Questão 24, E!

... e pede os papéis.

Questão 25, A!

Jonathan fez a entrega já empinado. Espreitou a movimentação no corredor — aquele ali, de costas, na sala 201, seria Jerry Lewis?

— Ficou em mais alguma? — indagou, de repente, o professor.

— Umas aí — disse Jonathan, alterando a voz.

— Muitas?

— Mais ou menos...

O burburinho diminuía do lado de fora.

— Não tá muito calor pra tá tão agasalhado? — fez o instrutor.

— É que eu tô gripado! — disse Jonathan, lampejando para a sala 204.

❖

Novamente, foi o último a entrar. Davizinho também estava no teste de Inglês, mas não Areia Mijada. Outro professor, dessa vez do período noturno, terminava de repartir as provas. Assinou Sérvio Túlio Alan Gomes e procurou assento, respeitando o espaçamento mínimo de uma careira entre cada participante.

O estratagema, dessa vez, seria o inverso. Precisaria acabar de antemão, deixar as dependências do colégio e correr até o McDonald's — já aberto — para que Sérvio Túlio pudesse voltar e ser visto nas cercanias da escola, reforçando o álibi de que estivera por lá o tempo todo.

O misto de múltipla escolha e dissertação, abordando comparações entre Estados Unidos e México; o fato de *"about 10 percent lower mortality rates"* ser o resultado de: *"10 percent increase in GDP"*; *"Child mortality reductions"*, *"Equivalent per capita GDP"*, *"Economic growth"* ou *"One year of schooling"*; ia ficando para trás com a velocidade das motos de *Road Rash*.

Ao completar o último item, considerou incongruente que alguém como Sérvio Túlio totalizasse os acertos, e rasurou ao menos uma questão.

Entregou a prova e saiu. Na admissão, Piu-Piu lhe obsequiou:

— Não tá com calor, não, doutor?

— Tô gripado — disse, secamente.

Chegando à rua, Jerry Lewis o chamou da pastelaria:

— Nareba!

Fingiu não ouvir. O garoto insistiu:

— Chega aí, mané!

Jonathan abriu carreira, abafando os quinhentos metros que o separavam da lanchonete, onde o comparsa o esperava à soleira:

— Tá maluco?! — disse Jonathan, empurrando-o para dentro. — Eu disse pra tu me esperar lá em cima! E se alguém te vê aqui na porta?!

— Não passou ninguém! — tentou remediar Sérvio Túlio.

Com a maior discrição possível, recambiaram as vestes. Sérvio Túlio susteve o casaco:

— Porra, tá fedendo essa merda!

— Corre lá, Jerry Lewis tava te chamando.

— Ficou em recuperação, esse babaca?! Burro pra caralho!

— Deixei uma errada, pra não dar a pinta.

— Nem quando não sou eu que faço a prova consigo tirar dez, puta merda... — disse Sérvio Túlio, terminando de atar o tênis.

Jonathan teve um elã de alisar-lhe a roupa como uma mãe termina de assear o filho, mas não o fez:

— Demorou!

O rapaz desembestou rumo à escola.

❖

A festa de formatura da ETECOP ocorria, via de regra, no Horta Tênis Clube, no Grajaú.

Jonathan imaginava-se abraçado univitelinamente a Sérvio Túlio na pista de baile. Seria o epílogo idôneo para o gesto que estava realizando sem pedir nada em troca...

❖

Na segunda rodada de provas, o horário aprazado para 9h10 da manhã possibilitou o encontro diretamente na filial da rede de fast-food. Sérvio Túlio remascava o canudinho da Coca-Cola:

— Maior cagaço de neguinho sacar essa porra!

— Por quê? — disse Jonathan, pondo o boné.

— Todo dia a mesma roupa...

— Tem ideia melhor?

Sérvio Túlio arrotou, oferecendo o refrigerante:

— Vai?

— Não gosto de arrotar de manhã cedo.

— Só de peidar, né? — O amigo o ignorou. — Duvido Jerry Lewis pintar lá, hoje, Fogace aliviou geral...

Jonathan subiu o fecho ecler:

— Mesmo assim, tu tomou bomba...!

Sérvio Túlio arrotou de novo. Jonathan partiu. Como da vez anterior, escorreu pela recepção.

— *The Flash*! — fez Piu-Piu.

Nenhum colega entre os reprovados daquela quarta-feira. Assinou o nome de Sérvio Túlio, sentou-se e preencheu as questões de Português e Literatura sem esquecer de errar uma de propósito. Ao entregar os papéis, ouviu do mesmo docente que fiscalizara o exame de Química:

— Os últimos serão os primeiros.

❖

Sérvio Túlio era o patrono da recuperação, com o maior número de matérias suspensas...

❖

Jonathan não dormia uma noite inteira desde o falecimento de seu Wilson, por mais que se esfolasse vivo no banheiro...

❖

Tia Brunei havia muito lhe era indiferente. O gênio de pré--adolescente de Fava, a torcedura de Robson, tudo ficara meio de lado — assim como o volume da aparelhagem de som, porque a música que ele ouvia agora não emanava mais de nenhum Philco, mas sim de dentro dele mesmo, sem fios nem tomadas:

Come unto me my winter son
We could lie on the rails
And when the morning comes
We'll be miles away
Miles away
Slipping away while the city sleeps
Running away from this cruel disease
Miles away miles away
Modern boys modern boys
Hand in hand sick of the fear
Chasing away all the hungry years
We're the modern boys[16]

---

16 Brett Anderson/ Bernard Butler, "Modern Boys" © Kobalt Music Publishing Ltd., BMG Rights Management, Warner Chappell Music, Inc.

❖

Jonathan quase perdeu as contas de quantas provas já havia subsidiado.

— Aí, Jay, se eu passar nessa porra, não lavo esse agasalho nunca mais! — disse Sérvio Túlio entregando-lhe o boné de *The Mighty Ducks*.

❖

A verificação de Biologia se iniciaria imediatamente após a de Geografia, por sorte na mesma sala, estreitando a probabilidade de apartes no intervalo.

Piu-Piu, escalado para tutelar o exame, despendeu tempo regulando o ar-condicionado, compadecido do aluno encasacado na fila do canto.

Jonathan grafou a última questão, repetindo o ardil do primeiro dia, e passou as folhas às mãos do inspetor, que indagou:

— Você não sente calor, não, rapaz?

— Gripe...

— Vê lá se vai desidratar, hein? Bebe água.

Um novo grupamento de alunos esperava para tentar fortuna na ciência que estuda a vida.

Entre eles, Alexandre Mattos, da equipe Puma:

— Supositórios Maria Madalena...! — disse o garoto ao colacionar o agasalho Adidas verde. — Raspa barba, raspa pentelho...!

Jonathan retesou o dedo médio, à moda de Sérvio Túlio.

1) Identifique a opção que enumera as organelas celulares presentes em células vegetais e as associa corretamente com suas funções na célula vegetal.

a) Mitocôndria-respiração; centríolos-orientação da divisão; cloroplasto-fotossíntese.

b) Vacúolo-acúmulo de água; ribossomo-respiração; cloroplasto-fotossíntese.

c) Cloroplasto-fotossíntese; mitocôndria-respiração; ribos-somos-digestão.

d) Mitocôndria-fotossíntese; cloroplasto-respiração; ribos-somos-síntese proteica.

e) Membrana celular-revestimento; mitocôndria-respiração; cloroplasto-fotossíntese.

Letra E!

5) Numa célula especializada na produção de energia espera-se encontrar grande número de...

Letra B!

17) O modelo abaixo representa a configuração molecular da membrana celular, segundo Singer e Nicholson...

Letra D!

O inspetor se espantou com sua presteza:

— Ou estudou muito ou não estudou nada...!

Jonathan silenciou, para que não fosse ouvido por Alexandre Mattos.

Na rua, abriu o fecho ecler, inalando o ar carregado do centro da cidade, inundado de bugigangas natalícias.

Restavam Física e Matemática... Em qual das duas teria ficado Karla?

V

Quando Jonathan chegou ao McDonald's, Sérvio Túlio desmoronou:
— Caralho, pensei que tu não vinha nessa porra!
— Foi mal, perdi a barca! Acidente no Centro de Niterói, tudo engarrafado!
— Caralho! Caralho!
— Te viram lá já? — disse Jonathan, sacando os calçados.
— Quem é que tá lá? Jerry Lewis. Jerry Lewis tava lá?
— Tava...
— Alguém mais? Areia Mijada? Porra-Louca...?
Sérvio Túlio hesitou:
— Tipo assim...
— Quê?
— Tava...
— Quem? Areia Mijada?
— Karla...

Jonathan ejetou-se para dentro, impedindo que Piu-Piu clausurasse a jornada, ouvindo do inspetor:

— Amanhã vou vetar!

Passos depois, lobrigou Karla pela porta entreaberta da sala 202, rebrilhando ao sol que arrombava uma janela basculante enquanto aguardava o teste, e avançou sem ser visto. Abeirou-se à classe 206, onde Sérvio Túlio estava inscrito. Quem diria... Débora, ali...

Assinou presença e recebeu o exame de outro supervisor, a quem nunca vira, e que se dera ao trabalho de escrever o próprio nome no quadro negro: Manon Ramos — Publicidade.

Só agora digeria o timbre coxo do amigo momentos atrás. Se perguntava o que haveria sucedido quando Sérvio Túlio se apresentou nas cercanias do colégio antes de ser substituído; se Karla não lhe teria dito que livrá-lo de Zoghby não fora nada de mais, que não precisava agradecer bem de cerca no corredor e que, pensando bem, ele até que era bonitinho, e se Sérvio Túlio não se importaria se ela desse para ele um pouquinho só, só para ver como ele era transando...

❖

Não entendia bem: "Haltere"...? Que queria dizer "haltere"? O que era "fixados"?

Deveria ter repousado no final de semana, mas, se o fizesse, não poderia devanear com Sérvio Túlio, já que não mandava no sonho.

Paulatinamente, foi decodificando o enunciado: "Um haltere de massa desprezível possui uma haste de 30,0 cm de comprimento onde pesos podem ser fixados. Se colocarmos uma anilha de 2,0 kg na extremidade esquerda do haltere e uma de 1 kg na extremidade direita, o centro de massa do haltere estará...". Fez o cálculo. Marcou a letra B, *"Deslocado 5,0 cm para a direita a partir do centro do haltere"*.

Talvez Karla preferisse transar explicitamente com Sérvio Túlio na festa em Santa Teresa, só para mostrar que Sérvio Túlio não vai com veado: "Tá vendo só, Jay, isso é pra você se tocar, *darling*", diria ela bem alto, com Sérvio Túlio varando-a pelo meio.

Não, não! B não! A resposta correta era letra D: "*Deslocado 5,0 cm para a esquerda a partir do centro do haltere*".

Um dos alunos levantava-se. Jonathan fez as contas, escrevinhou; fez contas, escrevinhou.

Finalizou a prova e deixou a classe um pouco tonto.

Ao passar de novo pela sala 202, viu Karla pregada à carteira, só que dessa vez os olhares de ambos colidiram inevitavelmente. Em um átimo, fez-lhe ela um gesto de "depois quero falar com você", bem sucinto e discreto.

❖

— Vai voltar lá? — indagou Jonathan, relutando em devolver as peças de roupa.

Sérvio Túlio afrouxou a meia:

— Vou dar mole?!

Jonathan tentou camuflar a irritação; não notificara ao cúmplice o recado da Porra-Louca:

— De repente, não precisa…!

Sérvio Túlio terminou de calçar o tênis, reavendo o boné e o agasalho, imune ao comentário, partindo logo em seguida:

— Valeu, Jay, quinta-feira fechou essa porra!

❖

— Alô?

— Oi, Lu…

— Oi, Jay. E aí?

— Beleza, como é que tá tudo?

— Tudo joia.

— Tudo em cima pra sábado?

— Haha… Putz… Bom, tipo assim… O clima aqui em casa tá meio pesado, mas vai rolar, vai rolar… Ah, pera… Mamãe tá mandando um beijo! Tá dizendo que não vê a hora de você vir, que ela tá morrendo de saudade.

— Ah, outro pra ela, Lu, maior saudade da tia também.

— Então, meu filho, diga…

— Putz, Lu, então, era pra saber que que tem que levar sábado…

— Nem esquenta, tem que trazer só a fome…!

— Pô, sério?

— Seríssimo! Nem esquenta. Sabe que mamãe gosta da casa cheia, né?

Jonathan chilreou:

— É, eu sei… Pô, será que a galera vai?

— Por quê?

— Porque no outro fim de semana é a formatura, né? Sei lá, será que a galera vai se juntar duas vezes, assim?

— Tem que ser enquanto a galera tá aqui, né? Senão, depois, começa todo mundo a viajar…

— É, isso é…

— Tipo assim, a gente chamou só a galera que já veio aqui em casa, tipo… Não rolou chamar a galera *tooooda*, toda, assim…

— Saquei… E a galera confirmou?

— Ah, tipo assim, mais ou menos, né? Tem gente que diz que vai, que vai, chega na hora…

— Haha…

— Na formatura, acho que vai a galera toda! Tipo, a galera que passou, né? — salientou Luciene. — O resultado sai quando?

Jonathan sabia perfeitamente quando saía o resultado: quarta-feira, 19 de dezembro, nove da manhã, exatamente na semana entre a festa de sábado, dia 15, na casa dos Lourense, e a formatura, no sábado subsequente, dia 22, no Horta Tênis Clube; mas respondeu como se não fosse com ele.

— Acho que tem alguém que não vai ter vaga na formatura... — burlou a moça.
— Hahaha... Tipo quem? — fez Jonathan, como desinteressado.
— Tipo um certo habitante de Madureira...
— Hahahaha...
— Hahaha... Cara, coitado... Pior que ele arrebenta muito, né...?

Jonathan procurou não enaltecer em demasia as qualidades artísticas de Sérvio Túlio:
— É, vamos ver qual é... — E, logo tornando a investir: — Vocês chamaram quem?
— Putz, sei lá, Ângelo... Haha, Maisena, não precisa nem dizer...! Bujão... Jerry Lewis confirmou. Débora... Pâmela acho que vinha. Areia não falou nada... Não sei se Henrique falou com Davizinho...

Jonathan não pôde mais conter-se:
— Karla?
— Hahaha! Henrique vai ficar com ciúme, hein?

Aprestando-se na lanchonete, Jonathan tentava faiscar no parceiro algo do que Karla lhe teria dito na terça-feira.

Fosse como fosse, esperaria que restassem somente ele e Sérvio Túlio nos sofás de Santa Teresa, no sábado, para então interrogá-lo sobre que papo era aquele de "depois quero falar com você". Mas não muito inquisidoramente. Endeusaria a bundinha da Karla antes de entrar de sola.

— Puta merda, Jay, aí, na moral, não aguentava mais comer McLanche Feliz! Meu pai me perguntando que porra é essa de hambúrguer todo santo dia! Caralho, *compade*, aí...

Jonathan ansiou transmitir uma mensagem anexa, mas não teve certeza de que o outro a captasse:

— Sábado tu me agradece.

Sérvio Túlio sugou o refrigerante e observou o colega abrir pela Uruguaiana em direção à Buenos Aires.

No portal da escola, Piu-Piu parabenizou pela última vez:

— *The Flash*!

Reconhecendo uma dezena de rostos, Jonathan encontrou fechada a porta da sala 207. Deu duas batidinhas, girou a maçaneta e petrificou-se: Zoghby, justaposto à luz dos basculantes, distribuía galhardamente os testes de Matemática...

❖

Jonathan puxou a aba do boné até a glabela.

— Tão deixando entrar *aindahhh*? — disse Zoghby.

O jovem levantou os ombros, mostrando as palmas das mãos. Inclinou-se sobre o formulário sem nenhuma pressa, embora as batidas de seu coração abalassem toda a estrutura do prédio, falsificou exemplarmente a assinatura e esperou de pé que lhe fosse entregue a verificação, pronto a ser desmascarado.

Zoghby, no entanto, preferiu alocar aquela que seria a papelada destinada ao rapaz na última carteira à esquerda, para a qual Jonathan gingou indefectivelmente ao estilo de Sérvio Túlio.

Os passos de Zoghby estrondeavam como os de um mastodonte de série de TV japonesa. Jonathan fez um supremo esforço de concentração:

1) Assinale a alternativa que indica o polinômio que possui os números 0 e 1 como raízes, sendo 0 uma raiz de multiplicidade 3.

Letra C, $p(x) = x3\ (x - 1)$!

Rabiscava as contas no papel, pendente sempre do instrutor.

4) Sabe-se que o número complexo i é solução da equação $x4 - 3x2 - 4 = 0$. Então...

Letra D, *A equação tem 2 soluções reais racionais*!

O professor de Geografia deambulava sobretudo pelo topo do quadrilátero. Desferiu galanteios a duas alunas. Graduou a persiana para que a luminosidade não as incomodasse e abriu o segundo botão do colarinho de linho para energizar-se. Não se sentou na bancada. Era quase certo que zanzasse agora pela área dos fundos.

Jonathan redobrou sanguineamente a concentração em cada parágrafo — se puxasse mais o boné, rasgaria as retinas.

Passos ribombantes costearam a fileira de carteiras do lado direito, fazendo o mesmo entre as duas do centro.

O tremor das mãos de Jonathan fez de um dois, um quatro, e de um cinco, um oito.

Zoghby abancou-se na mesa de apoio. Quando soergueu--se, foi para repisar o circuito anterior, uma vez mais refreando à beira da coluna da esquerda.

Sim... Era... Era isso mesmo! Zoghby mal patrulhava o setor onde Jonathan se encontrava! Era cada vez mais notório: Zoghby o evitava!

Talvez... Talvez se sentisse inibido depois de ter sido destruído publicamente por Karla quando "isolaram o vírus". Era um despropósito que Jonathan devesse a Karla um voto de gratidão. Justo a Karla! Isso o irritou dolorosamente.

10) Determinar a equação, sabendo-se que 2 é raiz da equação $x4 - 3x3 + 2x2 + ax - 3 = 0$.

Calculou. Chegou à resposta: $a = 3/2$!

O aluno ao lado repicou a caneta na prancheta. Jonathan sabia que a resolução da equação $x3 - 3x2 - x + 3 = 0$ era ele chegar sábado na casa dos Lourense e tirar logo a limpo que porra era essa de Karla precisar falar com Sérvio Túlio depois! E por que Ângelo não encabrestava logo aquela desgraçada?! Portugal que se fodesse!

Conjunto verdade: Karla + Sérvio Tú... Não! Não! Não! Não! Equação errada! Deflagrou um ódio por Karla que quase o virou do avesso.

Lembrou-se da moça apoiada nas pernas de Portugal, olhando brevemente na direção de Ângelo e Sérvio Túlio na calçada da pastelaria no dia do Cross. Sábado esclareceria a quem diabos estava destinada a mirada miserável!

Zoghby consultou o relógio.

Que escroto Ângelo empurrar Maisena com a barriga.

Outro aluno saiu. Jonathan aterrou-se — quanto mais demorasse, mais estaria à mercê do professor de Geografia!

17) Sendo P(x) um polinômio de 5° graus que satisfaz as condições 1 = P(1) = P(2) = P(3) = P(4) = P(5) = P(6) = 0, obter o conjunto-verdade da equação P(x) – 1 = 0 e o valor de P(0)...

Preencheu tudo e alçou-se subitamente, sem perceber que Zoghby se postara a seu lado, arrostando-o sem apelação. Jonathan, num ato reflexo, simulou uma tosse rouca, encravando o rosto nas mãos, empurrando os papéis para o professor, que os recolheu como se estranhasse qualquer coisa no menino que se dirigia à saída.

— Psiu! — chamou ele.

O coração de Jonathan deixou de bater. O suor lhe borbotava pelas fibras dos tecidos.

— *Asssinou* o papel de *presençahh*?

Jonathan sintetizou a resposta na ereção do polegar.

— Vê lá, *heinnn*? — disse Zoghby.

O rapaz ganhou o corredor displicentemente, depois as escadas, a portaria do edifício, sem se recompor, sem retribuir o adeus dos funcionários, baixando o fecho ecler assim que impactou contra o exterior, enchendo o tórax como se quisesse aniquilar o oxigênio do planeta.

Sentia uma pena excruciante, uma vontade indescritível de reter para sempre consigo aqueles dias em que Sérvio Túlio o esperava no McDonald's.

Chegou ao fast-food ofegante. O colega veio ao seu encontro e puseram-se a trocar as roupas.

— Zoghby deu a prova hoje!

— Tá de sacanagem! — disse Sérvio Túlio.

— Não dá mole, não!

— Caralho! Ele...

— Acho que ele não sacou!

— Acha?! Acha ou tem certeza, caralho?

— Pô, cara, na boa...

— Fodeu!

— Tenta encontrar com Zoghby na saída, tipo, pra ele te ver, entendeu?!

— Valeu! — fez Sérvio Túlio, terminando de aprontar-se.

— Mas, assim, na boa, entendeu? Sem nervosismo, entendeu?

— Vou lá!

Jonathan o seguiu escadas abaixo:

— Não esquece de tossir!

4. A DOIS POLOS DE DISTÂNCIA

I

Se morresse afogado, Jonathan levaria para a tumba a imagem dos sacos e quinquilharias que substituíam os sofás da sala dos Lourense, na desordem típica de uma moradia sendo desocupada.

D. Wilza não punha uma gota de álcool na boca. Se mudaria com Luciene para um apartamento na Rua do Riachuelo, no Centro do Rio, e os sofás foram a primeira coisa que vendeu. O ex-marido estava morando no Recreio dos Bandeirantes, com o filho — Mundo, primeiro a dar as caras no churrasco, preferira a guarida do pai depois do divórcio.

Onde Jonathan passaria a noite com Sérvio Túlio em meio àquele caos? Sérvio Túlio deixou que ele recuperasse fugazmente o ar.

— Não faz isso, Servinho! — exclamou d. Wilza.

— Vai matar o cara, aí, *rapá*! — intercedeu Mundo.

Luciene rondava perto:

— Brincadeira idiota!

Júnior mantinha-se de prontidão. Maisena secava as lágrimas.

Se Jonathan conseguisse dizer alguma coisa antes de ser novamente impelido para baixo, pediria calma, que, por favor, ninguém se espantasse, que aquilo era só Sérvio Túlio demonstrando que o amava...

❖

Street's like a jungle
So call the police
Following the herd
Down to Greece
On holiday
Love in the nineties
Is paranoid
On sunny beaches
Take your chances
Looking for[17]

Sacanearam muito quando o viram de cabelo raspado — precisava livrar-se da tintura aplicada dias antes.

— Right Said Fred! — disse Jerry Lewis, tirando selinho, a exemplo de Sérvio Túlio, que rivalizava com Júnior para ver quem arremessava mais forte a bola dente-de-leite contra o outro, desassossegando Esquila Maria.

Inventariavam-se as cagadas do Cross, a rixa com o Técnico B, urdiam-se futuras agências de publicidade.

Maisena, ao lado do CD player, encimando a mesa de mármore, cantou ao ouvido de Ângelo:

— *"What the hell am I doing here?"*[18]

Mundo, usando uma camisa do Guns N' Roses, e Jerry Lewis rifavam espetos de alcatra, maminha e corações de galinha...

Débora, que trouxera a amiga Jaqueline, incentivava Sérvio Túlio a cortadas cada vez mais potentes, que Júnior devolvia com ainda mais força.

---

17 Damon Albarn/ David Alexander De Horne Rowntree/ Graham Leslie Coxon/ Steven Alexander James, "Girls and Boys" © Sony/ ATV Music Publishing LLC, Warner Chappell Music, Inc, Kobalt Music Publishing Ltd.

18 Albert Hammond/ Colin Greenwood/ Edward O'Brien/ Jonathan Greenwood/ Mike Hazlewood/ Philip Selway/ Thomas Yorke, "Creep" © Warner Chappell Music, Inc.

Da grade para o porão, ao lado da varanda coberta, Jonathan abrangia boa porção da sala de estar, onde Karla, pouco participativa, entre almofadas e trastes amontoados, fechava uma *Caras* e punha no chão o copinho de vodca com Coca-Cola. A televisão desligada na parede em frente retransmitia-a despindo a calça jeans, revelando o biquini de crochê salmão, a perfeição dos seios, das pernas, do rosto...

Jonathan não sabia se gostaria de ser como Karla.

Carvão revirado; a amiga de Débora bebericando cerveja; Maisena monitorando Ângelo fitar Karla juntar-se a Júnior, Luciene e Sérvio Túlio na piscina; Bujão mastigando bem menos; Areia Mijada dançando desengonçado; uma bandeja de linguiça virando no chão; Esquila empossando-se do butim, e Karla, de repente, dando trela a Sérvio Túlio, na água, sem nenhuma ojeriza, como se fossem coleguinhas desde o jardim de infância!

Quase esbofeteou Ângelo, perguntando se não era macho o suficiente para largar Maisena com cara de tacho e ir tomar satisfações, mas a própria Karla se antecipou, retornando sozinha à sala de estar, depois de trançar uma toalha na cabeça.

Jonathan foi até ela: "Como é que é, vai deixar Maisena ganhar a parada? Cadê a Porra-Louca?!"

Não, não disse isto. Disse:

— Cara, não pensei que pelar a cabeça desse essa onda...!

— *Pinhead* total! — retorquiu a jovem.

Não ia acompanhada à casa dos Lourense, preferindo que os namorados a buscassem uma determinada hora, e dessa vez não fora diferente. A disposição de Jonathan era desbaratar que tanto papinho era aquele com Sérvio Túlio ultimamente:

— Tudo em cima pro vestibular?

Karla prestaria para Propaganda e Marketing:

— Meu pai não tava querendo deixar eu vir hoje, mas eu

falei: "Pai, tenho que dar um tempo de estudar, senão minha cabeça vai explodir!". Na boa, *darling...* — se espreguiçou. — Bom, acho que eu vou indo nessa — disse, repentinamente.

— C-como assim? — fez Jonathan, desorientado.

— Muita lagarta e pouca clorofila, *darling...*

Jonathan olhou para fora; Maisena interpunha-se estrategicamente à visão que Ângelo pudesse ter do interior da casa.

— Maior merda, descer agora pra Zona Sul... — prosseguiu Karla. — Já pensou pegar bondinho? Só no nheco--nheco...?!

Jonathan indagou, mais metediço que de hábito:

— Portugal não vai chegar aí, não?

— Não, não, hoje não — disse ela. — Vou mandar Sérvio Túlio dar um toque no pai dele...

Jonathan imaginou a cena: Sérvio Túlio não conseguindo contatar o bipe do pai, oferecendo-se levianamente para descer com Karla até a Zona Sul, sem que ninguém melasse a parada.

— Não rola pegar táxi à toa, não, *darling*! Um dia, um cara quis passar a mão em mim...! Não posso nem lembrar! Neguinho tá muito hardcore...

Neste instante, entrou o irmão de Luciene, trazendo um corte de picanha:

— Mundo, na boa, quem é que te ensinou a fazer churrasco assim, hein? — fez a jovem.

— Um tio nosso, que é professor de churrasco no Rio Grande do Sul...

— Gente, tô passada...!

Jonathan bispou uma oportunidade:

— Slash é muito merda!

— Tá de porre! — disse Mundo, tremeluzindo a camisa com a imagem da banda.

— Em terra de pão italiano, Slash é merda — disse Karla.

Jonathan correu até Ângelo e Maisena.

I will love you till I die
And I will love you all the time
So please put your sweet hand in mine
And float in space and drift in time[19]

— Cara, chega aí, chega aí! — disse, indicando que a dupla o seguisse para dentro.

— Pra quê? — fez Maisena; não queria perder a prerrogativa do colóquio com Ângelo, que obedeceu logo ao chamado; a moça mal acobertava o dissabor de estar no mesmo cômodo que a Porra-Louca.

— Ângelo, na boa, Guns N' Roses não é uma merda? — disse Jonathan.

— Tanta pressa pra isso? — depreciou Maisena.

— Gente, *respect*! — disse Karla.

— "*I keep mine hidden*"![20] — disse Ângelo.

Maisena sorriu amarelo, tentando removê-lo do recinto:

— Você não ia me mostrar aquele lado B do Pulp?

Mundo reassumira a churrasqueira. Jonathan invocou um estirão na engrenagem, uma sacada que atraísse Maisena para fora e deixasse Ângelo e Karla a sós.

De súbito, viu a si mesmo como se fosse outra pessoa, abduzindo as chaves da casa; subindo ao portão de ferro sem ser notado; caminhando até o orelhão na esquina da rua Santa Catarina, discando o número dos Lourense e passando-se pelo pai de Maisena ao ser atendido por d. Wilza — ou melhor, pelo pai de Bela —, contando que a simplicidade da mulher não a faria cair na diferença de vozes, ordenando que a filha o fosse encontrar na saída para o Catumbi, e sem demora; volvendo a tempo de testemunhar a menina na iminência de rogar a Ângelo que a

---

19 Jason Pierce, "Ladies & Gentlemen, We Are Floating In Space" © BMG Rights Management.
20 Steven Morrissey/ Johnny Marr, "I Keep Mine Hidden" © Warner Chappell Music, Inc, Universal Music Publishing Group.

escoltasse até lá embaixo em vez de ficar sem ela por perto na mesma festa que Karla; e Ângelo quase cedendo, não fosse ele intrometer-se, dizendo que acompanharia a amiga, inventando que já ia descer de qualquer jeito; e Maisena não querendo aceitar; e Ângelo vacilando; e ele garantindo que não tinha grilo, não, que esperava o pai da moça junto com ela, que não estava com pressa nenhuma; e Karla desistindo de ir embora para a Zona Sul; e Ângelo simplesmente dedicando a Maisena um "Tudo bem, outra hora a gente se fala, então"; e a jovem desconsertada por Ângelo despedir-se assim, sem conseguir bolar nada que a permitisse ficar por mais tempo; e Jonathan viu a si mesmo extirpando Sérvio Túlio dali também — não queria que se estropeasse um clima que pintasse entre Ângelo e Karla —, chegando à borda da piscina e dizendo a Sérvio Túlio que tinha um treco muito sério para falar a respeito de Zoghby, e Sérvio Túlio esbugalhando os olhos e, em questão de minutos, alinhando-se no portão a ele e a Maisena; e os três descendo a rua Santa Catarina; e a jovem com o queixo soldado ao silk-screen de *Lay Back in the Sun* na camisa; e ele o tempo todo bem junto dela, para não dar azo a Sérvio Túlio de chamá-lo de lado e pedir explicações até chegarem à Eleone de Almeida; e, depois de estarem ali quase uma hora, viu a garota, tomada de revolta, correr a um orelhão próximo, decidida perguntar à mãe se o pai saíra havia muito tempo e o que teria feito ela para merecer aquilo, ficando estonteada quando o próprio pai atendeu, sentindo-se vítima de um complô; e Sérvio Túlio dizendo: "Cara, não entendo neguinho que passa trote nessa porra, troço escroto!"; e a menina marchando morro acima, e Jonathan viu-se tentando retardá-la de algum modo, receoso de que o tempo não houvesse sido suficiente para que a magnificência de Ângelo domasse a cupidez de Karla; e Sérvio Túlio inquirindo-o sobre o professor de Geografia, e a garota se distanciando, e ele saindo do apuro dizendo que descobrira que Zoghby achara uma mulher igualzinha a Bianca e que se casaria com ela desde que Sérvio Túlio fosse o padrinho; e Sérvio Túlio puto por ter sido mantido ali por tanto tempo unicamente para aquilo; e ele dizendo: "Quem chegar por último é Bento Alves!", prontificando-se a abrir o portão antes que Maisena tocasse a campainha; e viu a amiga dirigir-se de imediato à sala de estar, sem dar ouvidos aos vivas por seu regresso,.

Jonathan só voltou a seu mesmo eu ao ser questionado por d. Wilza:

— Que que houve, meu filho, o pai dela deixou ela ficar?

Nesse momento, Maisena veio do interior da casa, cobrindo os olhos. A mãe dos irmãos foi até ela:

— Bela, minha filha, seu pai deixou você ficar?

A menina não respondeu, imobilizada no meio do pátio.

— Minha filha, tá tudo bem? — perguntou a dona da casa.

A jovem prorrompeu em pranto.

I found a picture of you, oh oh oh oh
Those were the happiest days of my life
Like a break in the battle was your part, oh oh oh oh[21]

Luciene e Júnior foram os primeiros em acorrer:

— Que que houve, Bela?

A menina enfiou o rosto no ombro da amiga.

Bujão aproximou-se também, com outros colegas. Sérvio Túlio arreganhou seu clássico riso nervoso.

Só então Ângelo e Karla reapareceram, e se soube, pelo semblante de ambos, que a engrenagem havia atingido seu apogeu.

O que se seguiu foi um espetáculo de redenção, com Sérvio Túlio agarrando Jonathan por trás, dizendo *"Teje* preso!" com vigor nunca visto, obrigando-o a subir as escadas de pedra e atirando-se com ele na piscina.

---

21 Christine Hynde, "Back on the Chain Gang" © BMG Rights Management.

❖

Agradeceria a Ângelo por não falhar onde se esperava que não falhasse. Reconhecia mais do que nunca o que Ângelo fizera por ele, aprimorando seu gosto, preservando-o do pagode e do sertanejo. "Obrigado, Ângelo", diria com mansidão.

Quanto a Karla, que lhe permitira ser Sérvio Túlio na cara de Zoghby e triunfar, saldava agora essa dívida com ela.

Em apneia compulsória, achou uma bobagem sua desconfiança...! Era claro, mas tão claro, que aquele olhar no dia do Cross Session era sobrescrito a Ângelo! Era óbvio que o gesto de querer falar com Sérvio Túlio depois era puro interesse em saber se seu Lula trabalhava com clientes fixos, para que ela o pudesse acionar quando não tivesse um namorado à mão. Que havia de mal nisso?

A violência de Sérvio Túlio era a prova. Era seu recurso para dizer: "Não precisava nada disso, Jay, então você não vê que meu lance com Karla não tem nada a ver? Se você se sente mais seguro com Ângelo tomando conta, então pronto, já chegou, o que você queria já chegou, a engrenagem já construiu nosso quarto".

E Jonathan anteviu seu futuro... Ele e Sérvio Túlio unidos em matrimônio, vivendo no Espírito Santo... Não, em outro país! Nos Estados Unidos, no Deserama Hotel do videoclipe de "My Love Life". Ele chegaria em casa com as compras — se ofereceria sempre para ir ao supermercado, poupando o trabalho a Sérvio Túlio; Sérvio Túlio deixaria o que estivesse fazendo e viria ajudá-lo a armazenar os víveres, e conversariam sobre o dia de cada um, e pela manhã despertariam desnecessariamente cedo, em languidez matutina. E nunca, jamais visitariam as famílias um do outro. E, quando fossem viajar, trariam em suas respectivas mochilas pertences um do outro, como se uma parte de um estivesse para sempre depositada na parte do outro.

Yes, the world calls my international
So let the decades die, let the parties fall
And we'll be miles away, miles away
Because we'll be living like
Modern boys, modern boys[22]

O cloro lhe marchetava as pupilas. Sérvio Túlio implicaria se dividissem a mesma escova de dentes?

---

22 Brett Anderson/ Bernard Butler, "Modern Boys" © Kobalt Music Publishing Ltd., BMG Rights Management, Warner Chappell Music, Inc.

II

Júnior mergulhou para obrigar Sérvio Túlio a libertá-lo. Caído no pátio, Jonathan martirizava-se por não ter fôlego suficiente para defender Sérvio Túlio de tudo quanto lhe atiraram na cara: "Tá maluco?!"; "Que porra é essa?!"; "Brincadeira babaca!"; "Quase mata o cara!"; "Tá de sacanagem?!"; "Tá maluco?!".

— Ai, Servinho, a tia não gostou dessa brincadeira, não; não faz mais isso, não, pelo amor de Deus...

Futures made of virtual insanity now
Always seem to be govern'd by this love we have
For useless, twisting, our new technology
Oh, now there is no sound for we all live underground
And I'm thinking what a mess we're in[23]

---

[23] Jason Kay/ Derrick Mckenzie/ Simon Katz/ Toby Smith/ Wallis Buchanan/ Stuart Zender, "Virtual Insanity" © Sony/ATV Music Publishing LLC.

Quem teria visto Karla e Ângelo saindo juntos? Achava que ninguém.

❖

Maisena foi com o pai, chamado às pressas.

❖

Impossível dormir lado a lado com Sérvio Túlio, não só pela ausência dos sofás, mas também porque Areia Mijada, Davizinho e Jerry Lewis decidiram quedar-se, a convite de d. Wilza. Jonathan fora promovido ao quarto de Luciene — o quartinho de seu Wilson permanecia inutilizado desde a morte do velho, e o aposento anteriormente ocupado pelo marido de d. Wilza estava entulhado demais para servir como opção.

Jonathan esperou até que o último combatente caísse vencido pelo MDK, lá pelas cinco da manhã, e precipitou-se para a sala, salteando os rapazes deitados em colchonetes. Sérvio Túlio era um feto na escuridão, tão sereno que emocionava.

"Uma semana só, Sérvio Túlio, eu te peço…".

❖

O rosto no espelho do banheiro jamais fora visto por Raimundo, e derrotaria Marzagão e Boca-de-Peixe facilmente.

A mãe, envolvida com outro cara, pouco parava em casa, deixando Fava à cargo dele e do irmão. Mais de Jonathan, na verdade, porque Robson…

Achou um vidro de Azzaro esquecido no guarda-vestido. Sempre gostara de Azzaro. Ângelo acharia brega. Mas Ângelo já não mandava nele.

— Derramou um pote de perfume aí? — disse Robson. A TV estava no último volume:

Eu não tenho culpa
De comer quietinho
No meu cantinho
Boto pra quebrar
Levo a minha vida
Bem do meu jeitinho
Sou de fazer
Não sou de falar[24]

— Dá pra tu ficar com Fava? — inquiriu Jonathan.

— É ruim!

— Tô precisando que tu fique com ela, que eu tenho que sair.

— Não dá! Tenho que ver um treco aí... Schubinho ficou de passar aí...

— Que treco?

Robson foi áspero:

— Não interessa!

— Melhor você dar um tempo aqui em casa, vai por mim.

— Aí, Than, não ferra, daqui a pouco eu tenho que fazer uma parada...

— É, mas acho que você não vai, não... Vai dizer a Schubinho que teve diarreia, vai inventar qualquer parada.

— Haha... Viajou na maionese!

— Não, não; não viajei, não. Tô dizendo que tu vai ficar em casa, tomando conta de Fava, na boa, tranquilo e calmo.

— Sou mais de ver! — disse Robson, desafiador.

Jonathan zuniu no canto da sala um taco despregado do chão do quarto bem à vista de Flávia.

— Que que foi, gente? — disse ela, ao ver a pressa com que o irmão do meio recolhia o pedaço de madeira, propelindo-se para dentro, gritando:

---

24 Alexandre Pires Do Nascimento/ Lourenco Olegario Dos Santos Filho, "Mineirinho" © Universal Music Publishing Group.

— Quem mandou mexer nisso?!

Alexandre Pires era entrevistado no programa de auditório.

— Nada não, Fava... Esse mané que quebrou um taco e não quer que mamãe saiba... — disse Jonathan, piscando um olho.

A menina riu, sentindo-se compinchada. Robson regressou, cabisbaixo:

— De repente, acho que dá pra eu ficar com ela sim...

❖

O que acontece é que, depois de tanto sufocar seu substrato, do lance de Patrícia e de tanto falar das bundinhas das meninas, se fulana era gostosa, e se sicrana dava pro gasto, não estranhava que Sérvio Túlio não tivesse certeza de ser correspondido.

Mas nunca se confessaria a Sérvio Túlio sem ter provado com ninguém a faina que habilita o ser humano a existir.

Mal encarava os passageiros que dividiam com ele o ônibus para o Centro de Niterói, aquela gente desgastada e macilenta, que nunca ouviu Suede na vida...

❖

Ao trombar com o ar-condicionado do Plaza Shopping, o telefonema de quarta-feira ainda ecoava em sua mente. Sérvio Túlio xingava como louco do outro lado da linha, anunciando a aprovação sumária em todas as matérias!

— Não, mas... Quan... E em Físic... Mas o... — era tudo quanto Jonathan conseguia encaixar na conversa. Cogitou se o colega não fazia a chamada do mesmo orelhão em que Bianca nascera.

❖

Perquiria as butiques do shopping à cata de algum conhecido. Deu a volta pelo perímetro oposto à praça do chafariz e embrenhou-se nas mesas do Viena Café pela via menos utilizada pelo público. Tocou uma última vez o invólucro dos preservativos no bolso da calça e estacou diante de Gilberto, que, examinando uma planilha, não o vira aproximar-se.

Gilberto dobrou o documento bem devagar, guardando-o numa pasta de PVC, e prendeu a caneta tinteiro no bolso da camisa social, para só então erguer os olhos...

III

O clima no Horta Tênis Clube era de réveillon. Jonathan chegou mais tarde do que gostaria — as baldeações Niterói-Grajaú, no sábado à noite, não facilitaram a locomoção. Assim como o pai dos irmãos Lourense, Irã não pudera vir; viajara com uma amiga. A lacuna de Jonathan se estendia também aos outros membros da família, Robson e Fava, só de birra, e a mãe alegara a preparação de um currículo, pois tentava se recolocar no mercado de trabalho.

— Que pena, meu filho... — disse d. Wilza, devorando um pratinho de quibes e coxinhas de galinha. — Queria tanto conhecer sua mãe...

Meia dúzia de desinibidos soltava o corpo na pista de baile.

Se não fosse apresentado como professor, Rogério Wanis passaria por um estudante a mais à espera da graduação.

Gedel adicionara uísque com gelo à fardagem de suspensórios.

Jonathan quase não aplaudiu quando do Sérvio Túlio recebeu o diploma das mãos do diretor, embora interiormente regesse uma orquestra de clarins.

Maisena não se separava dos pais. A crispação lhe aproximava ainda mais o nariz da linha dos olhos, como se sentisse permanentemente cheiro ruim.

Bujão usava um vestido chiffon bege, que lhe beneficiava as linhas cada vez menos compactas do corpo. Para Areia Mijada, estava até pegável.

Ângelo nunca fora mais Brett Anderson.

Jonathan virou o Sprite de um só gole para encarar Karla. De vestido sereia preto, constrangia as outras meninas, tão destrutiva era sua beleza. O pai, alto, calvo, deslocado na festividade plana demais se comparada aos círculos advocatícios que costumava frequentar; a mãe, por sua vez, era o porvir da filha. Um dos moleques comentou que não sabia qual das duas era mais gostosa. Nem rastro de Portugal.

Karla e Ângelo certamente esperavam que os familiares se retirassem, como ficara combinado com a organização, para só então...

Jonathan sabia como deviam se sentir.

Com metade da camisa para fora das calças, Sérvio Túlio valia-se da ausência do pai para tomar uísque e vinho branco — seu Lula interligava horas extras agora que o filho podia postular uma vaga na faculdade.

Zoghby desapareceu cautelosamente assim que os pais de Karla vieram se despedir dos professores.

Shine the headlight
Straight into my eyes
Like the roadkill
I'm paralyzed
You see through my disguise
At the drive in
Double feature
Pull the lever

Break the fever
And say your last goodbyes[25]

Luciene convencera Júnior a dançar. Mundo descolara um papo superanimado com Jaqueline, a amiga a tiracolo de Débora. Maisena foi embora com a família logo após a primeira parte da solenidade. D. Wilza foi das poucas mães a ficar.

Jonathan estava preparado para o caso de Sérvio Túlio refugar no início. Ensaiara mil vezes. Seguraria o amigo pela mão, com muita delicadeza, chamando seu nome baixinho, para recordar-lhe o quanto dependiam um do outro, até que cedesse.

Bujão era azarada por Marcelo Melo, um carinha da antiga Baixada do Técnico B.

Sérvio Túlio recebeu um rissole no meio da cara — Areia Mijada vingava-se do episódio do primeiro semestre.

Karla dançava em uma rodinha de amigas. Jerry Lewis tentou cair nas graças da jovem, mas foi repelido com tanta frialdade que mal foi visto depois.

Jonathan buscava o melhor sítio para a abordagem. Contornou a pista em direção à sacada lateral, com vistas para a piscina. Ouvia colegas cumprimentando-se: "Grande Bento Alves!"; "Fala, Bento Alves!" — evidenciando que a gíria se consagrara. Agitou um dos braços para melhor se identificar no reflexo da água lá embaixo — aquela parte do Horta não fora aberta à cerimônia.

Imaginou-se ali, com Sérvio Túlio impedindo-o de vir à superfície. Deslizaria as mãos sobre o peito para abri-lo em dois, antes de lhe cravejar os dentes no mamilo, como aprendera com Gilberto.

Since I was born I started to decay
Now nothing ever ever goes my way[26]

---

25 Brian Molko/ Stefan Olsdal/ Robert Schultzberg, "Teenage Angst" © BMG Rights Management.
26 Brian Molko/ Stefan Olsdal/ Robert Schultzberg, "Teenage Angst" © BMG Rights Management.

❖

Got me a movie
I want you to know
Slicing up eyeballs
I want you to know
Girlie so groovy
I want you to know
Don't know about you
But I am un chien andalusia
I am un chien andalusia
I am un chien andalusia[27]

A varanda dianteira também estava concorrida. Jonathan se debruçou no parapeito. O trânsito lá fora era desmesurado, mesmo depois de meia-noite.

Encalçou Sérvio Túlio. O rapaz bailava um break bizarro próximo a Karla e as amigas. Jonathan não se irritaria que Ângelo revezasse o comando do som com o DJ, se isso não o retardasse a fazer valer seu direito sobre Karla.

Voltou-se para fora, pensando em como engraxar a engrenagem. Na rua Mearim, a cinquenta metros de distância, um táxi parou, e dele desceu uma silhueta que correu em direção ao clube sem esperar o semáforo. Sua fisionomia ia se tornando mais visível ao passo que se aproximava, como se ataduras fossem sendo removidas de um rosto infectado, deixando à mostra o panorama da carne putrefata: era Ester.

A jovem esperou que o concierge encontrasse seu nome na lista de convidados. Mais magra que nas fotos do *T.V. Eye*, botas

---
27 Charles Thompson, "Debaser" © Universal Music Publishing Group.

pretas, calça de napa e blusa cavada dos Ramones, pela qual escampava a alça do sutiã preto. Rímel caprichosamente borrado.

Não! Não, não, não! Todo mundo! Todo mundo! Todo mundo sabia que ela e Ângelo haviam terminado! Por que, então, Ângelo a recebia assim, com um beijo na boca que quase arrancou loas da assistência?

❖

Give me one more chance
Let me be your lover tonight
You're the real thing
Yeah the real thing
You're the real thing
Even better than the real thing[28]

❖

Jonathan achava bom Portugal aparecer ali, depressinha, e cair matando logo em cima de Karla, muito embora não identificasse nada que se parecesse a uma picape S10 no entorno do clube. Mais jogo chegar em Sérvio Túlio de improviso!

The Shareef don't like it
Rockin' the Casbah, rock the Casbah
The Shareef don't like it
Rockin' the Casbah, rock the Casbah[29]

Apanhou duas taças de vinho branco. Repassava mentalmente o melhor olhar, a melhor voz, o ângulo da cabeça, mas não localizava Sérvio Túlio no salão, sendo envolvido por Luciene e Júnior:

---

28 Adam Clayton/ Dave Evans/ Larry Mullen/ Paul Hewson, "Even Better Than the Real Thing" © Universal Music Publishing Group.
29 Joe Strummer/ Mick Jones/ Paul Simonon/ Topper Headon, "Rock the Casbah" © Universal Music Publishing Group.

— Não quer dançar no meu lugar, não, Jay?

— Não, não, valeu, acho que alguém não ia ficar muito satisfeita, não...! — desenredou-se Jonathan.

— Engraçadinho...! — disse Luciene para o namorado.

Talvez Sérvio Túlio estivesse no banheiro. Jonathan foi até o corredor dos serviços e esperou...

❖

Esperou tempo demais. Adentrou o sanitário. Só alguns rapazes dando um pega. Esqueceu as taças na pia de propósito. Desceu ao térreo. Gente despedindo-se, professores à espera de táxis ou pais que buscavam os filhos. O acesso à piscina fechado.

Tornou a subir. As colegas que andavam à roda de Karla, bailavam, mas... Sem Karla...! Jonathan sentiu o sangue gelar-se-lhe nas veias. Devassou o salão à procura da garota!

Nada!

Só recobrou a dignidade ao dar uma batida na varanda dianteira: não muito distante do Horta, a picape S10 de Portugal rutilava a iluminação pública, estacionada numa fileira de carros.

Farewell, Karla! Nunca o momento de assaltar Sérvio Túlio fora tão propício. No balcão lateral, percebeu um vulto que margeava as linhas sinuosas da piscina lá embaixo, sob a copa das árvores. Um spot na folhagem alumbrou um pedacinho da camisa para fora das calças do indivíduo, que Jonathan reconheceu ser a de Sérvio Túlio!

Não perdeu tempo tentando entender como o colega chegara à zona interditada. Desceu as escadas e se enfurnou por trás do pórtico da entrada. Um vitral fumê selava o restaurante, no fundo do qual se encontrava a saída para o terreiro do grêmio. Esperou que uma parentada passasse e procurou uma ligação para o outro lado atrás de dezenas de engradados, junto à adega. Tampouco havia passagem. Tornou à portaria, descaiu à esquerda, saltando discretamente para o jardim recamado por um trilho de lajotas. Confirmou que ninguém o seguia e ultrapassou o tapume de madeira até o quarto do gerador elétrico, em cuja traseira uma cerca de arame cruzado fora violada por baixo. Jonathan rastejou pela grama, rasou a lateral do prédio principal, dobrou a quina e deparou olimpicamente com a piscina. Correu à sombra da vegetação, guiando-se pelo cheiro de maconha. Chegou à estrutura cilíndrica do bar desativado. Avançou, tropicando em algumas garrafas que conseguiu impedir que tombassem, mas não foi antes de mais um passo que pôde distinguir Sérvio Túlio e Karla no interior da bodega...

❖

Jonathan demorou a suprir os pulmões — a automação do ato de respirar se colapsara; a forma atabalhoada com que Sérvio Túlio impulsava a língua para dentro da boca de Karla, e a maternidade da moça governando-lhe os movimentos constringiram seus músculos até a câimbra.

❖

Jonathan mordeu o lábio inferior, mesclando sangue eternamente à saliva.

❖

Por que não estava abocanhando a fuça de Karla até desfigurá-la, para depois obrigar Sérvio Túlio a fazer com ele todo tipo de indecência ali mesmo, coagindo Karla a ver tudo?

Arrancaria os mamilos do rapaz de uma dentada, o marcaria com ferro em brasa, e o castigaria com a tetraplegia e...

❖

Quis pedir perdão a alguém. Precisava urgentemente ser perdoado.

❖

Pediria perdão primeiro à mãe, ao pai, à tia Brunei, a Júnior, depois a Robson... Só depois a Fava... E, por último, a Sérvio Túlio.

❖

Teve vontade de cuspir uma entranha, uma moela.

❖

O casal, alheio a tudo, gania surdamente e, mediante o rodopio incessante de tudo que existe, Jonathan reconhecia, afinal, que falhara com Sérvio Túlio...

Suplicaria misericórdia se Sérvio Túlio lhe dissesse: "Eu te esperei, Jay... Por que você demorou tanto?".

❖

Regressando à festa, tudo se desenrolava em câmera lenta. Jonathan tardou um mês em absorver o que Luciene dizia:

— Jay, Júnior tá indo buscar o carro. Cê vem com a gente?

❖

Mundo partira antes; o pai lhe dera dinheiro para o táxi até o Recreio. Atravessaram a rua, atentos ao passo mais lento de d. Wilza.

Uma família tomava assento na picape S10 — nenhum deles era Portugal.

Jonathan abancou-se no Omega de Júnior e respondeu a tudo que lhe perguntaram na estrada até Santa Teresa sem ouvir a própria voz.

Deitou-se pela última vez no vácuo dos sofás da casa dos Lourense, falou da faculdade, esperou d. Wilza apagar a luz, deu boa-noite, puxou a coberta... E morreu.

5. THIS TOWN AIN'T BIG ENOUGH FOR BOTH OF US

I

Sentado no meio-fio, Cobain arrotou gelo ardente. Alto, parrudo, bronzeado, voz tal qual o urro de um cano de descarga, confundira-se entre a lata de Brahma e o vidro de loló que tinha ao lado, tomando um gole desmedido do entorpecente.

Ponto de encontro dos estudantes da UFF, a praça Leoni Ramos, em São Domingos, Niterói, era tomada nas noites de sexta pela legião de universitários que estorvavam o tráfego da Visconde do Rio Branco, General Osório e Alexandre Moura, onde se localizavam as ruínas do antigo estaleiro da Cia. Cantareira. Naquela terça, contudo, a freguesia se resumia ao grupinho na calçada do Bar do Arnaldo, único aberto até tarde, não chegando a quinze metros quadrados mal aquinhoados entre o balcão aparatado de bancos de trave alta e a parede de azulejos encardidos.

Ao sentir o esôfago fumegando, Cobain despejou cerveja goela abaixo, como se nada tivesse acontecido, até pôr a mão no abdômen:

— Porra, aí... Tô sentindo uma parada estranha...

Jonathan, de pé, discutia com Batgirl:

— Não, tipo, você olha, assim, Neil Tennent em "Hallo Spaceboy"...! Passa um tempo, Neil Tennent é lado B do Suede, assim, na boa...!

— Cara, toda vez que eu ligava na Fluminense FM tava tocando "Slow Emotion Replay"! Estranhaço! — replicou a moça, em um finalzinho de torpor.

Incapaz de aplacar a queimação com o álcool, Cobain ergueu-se:

— Já sei qual é a parada!

Foi até o balcão do Arnaldo e montou um PF com as sobras do dia — torresmo, paio, carne-seca, ovo colorido e feijão, cobrindo tudo com farinha de mesa. Engoliu sem mastigar. Chamava-se André. "Cobain" era por sua devoção ao Nirvana.

Batgirl entonou:

— *"You're the match of Jericho/ That will burn this whole madhouse down..."*[30]

— Duvido entender Cocteau... — intrometeu-se Damocles.

— Esses dias eu tava ouvindo "Heaven or Las Vegas" — disse Jonathan.

A jovem expirou a fumaça do Carlton:

— Cara, meu ex-namorado odiava Cocteau! Ele não deixava eu cortar o cabelo pra não ficar parecido com o da Liz Fraser! Eu ficava muito puta!

Batgirl sempre se relacionava com carinhas que, na opinião do Fuzz, eram meio manés. Seu nome era Elizabete, e seu figurino, um tanto Bárbara Gordon.

Damocles passou a mão na virilha:

— Cocteau é tipo Belle and Sebastian; ouviu uma, ouviu todas...

— E quem cheira clorofórmio todo dia fala uma merda diferente — rebateu Jonathan.

---

30 Simon Philip Raymonde/ Elizabeth Fraser/ Robin A. Guthrie, "Iceblink Luck" © Universal Music Publishing Group.

O Fuzz — como ficou conhecida a panelinha de amigos — se juntou já nas primeiras semanas de aula: Batgirl, Damocles, Cobain, SG, Wanzer e Jonathan; o pessoal que curtia indie, grunge, punk, post-punk, shoegaze, britpop... Jonathan não era chegado a se drogar e só fumava maconha se insistiam muito, mas jamais experimentaria a erva fornecida pelo irmão, até porque passava cada vez menos tempo em casa.

Cobain começou a suar frio:

— Aí, não tô legal, não...

Wanzer era especialista em expelir jatos de cuspe por entre os dentes, com milimétrica eficácia:

— Ventila!

— Tu só pensa em ventilar! — disse Damocles, limpando da cara a saliva da amiga; tudo era mais engraçado após uma fungada na mistura de éter e clorofórmio.

SG, que assim como Jonathan não inalara o narcótico e fora o único em atentar para a baralhada dos recipientes, ataviou o topete esculpido no cabelo crespo — fã de The Smiths, reivindicava para São Gonçalo, sua cidade natal, vizinha a Niterói, o apanágio de Manchester dos trópicos:

— Bora pro hospital!

— Vai chegar no hospital tudo doidão de loló? — fez Damocles.

— Hospital é o caralho! — exclamou Cobain, apoiando-se nos postes próximos. — Porra, não tô legal, não...

❖

Cobain ingressou na UTI na madrugada de quarta-feira. A vaquinha não cobriu o táxi, mas deu para três latinhas de cerveja que o Fuzz dividiu, batendo a pé os 2,5 km que os separavam do hospital Antônio Pedro, no Centro da cidade.

❖

My only weakness is a list of crime
My only weakness is well, never mind, never mind
Oh, shoplifters of the world
Unite and take over
Shoplifters of the world
Hand it over
Hand it over
Hand it over[31]

❖

Não foi nessa época que, de fato, Jonathan passou a ter menos relações com os irmãos. A cisão entre eles sempre fora grande mesmo — Jonathan agora não tinha nenhum pudor em admitir. Nem que pela primeira vez vinha tirando notas baixas. Mas não se importava, desde que colocasse som nas festas do DCE.

❖

Jean, de Ergodesign, ficou a fim dele, só que muito na moita. Jean também não dava pinta de veado.

❖

Batgirl colocou todo mundo para dentro na festa de Felipe, um mauricinho com quem estava ficando. O Fuzz ganhou o quintal da casa, falando alto, bebendo, apoderando-se do CD player, trocando George Michael por Angelic Upstarts, se empurrando e se jogando uns por cima dos outros.

A gota d'água foi quando Damocles se trancou no banheiro com Wanzer à vista da parentela do aniversariante.

---

31 Johnny Marr/ Steven Patrick Morrissey, "Shoplifters of the World Unite" © Warner Chappell Music, Inc, Universal Music Publishing Group.

Um primo mais retilíneo suprimiu a ligação com os alto-falantes e formou uma rodinha com a família, executando baixinho levadas de bossa nova ao violão, para incentivar a partida do magote indesejado.

Jonathan chamou à porta do banheiro para anunciar que tinha *trashado*. Batgirl optou por bater em retirada junto com o Fuzz, que saiu debaixo de vaias...

Era sempre assim.

❖

— Ridículo neguinho esculachar música brasileira! — disse Helena Coimbra, de Comunicação Visual, em um dos corredores da universidade. — Muita subserviência ao capital estrangeiro, cara! Abrir as pernas pra gringo legal!

Jonathan interveio:

— MPB *trashou* há muito tempo, cara, na boa...

A jovem bufou:

— Pelo amor de Deus, gente, Chico, Caetano, Gil, Tom...

— Bom, mas é isso, né? É que não sai disso.

— Como que não sai disso, garoto?

— Desde os anos sessenta que a MPB ficou reduzida a isso.

— Ai, gente, pera lá! Quer comparar Chico Buarque com Backstreet Boys?

Jonathan tateou o lóbulo:

— Assim, tipo, Chico Buarque é MPB; Raça Negra também é MPB. Assim, não posso fazer nada, você meio que não vai querer comparar também, né?... Tipo, se o cara não vê diferença entre Suede e Backstreet Boys, assim, não tem nem como dar opinião.

Helena ergueu a voz:

— Nada a ver!

O pessoal cerca se agitou. SG disse pachorrento:

— Cartola até que é legalzinho.

— Puxa aí, puxa aí — fez Damocles.

— Calma, cara, de pobre já basta a minha vida! — devolveu o gonçalense.

— Eu tô falando em qualidade técnica, garoto! — martelou Helena Coimbra.

Jonathan sorriu:

— Mas o rock, o pop, não precisam ser o paraíso da qualidade técnica...

— Ah, qual é? Cara, Michael Jackson? Madonna, Whitney Houston...?!

— Não sabia que Michael Jackson era MPB.

— Eu não tenho a cabeça fechada tipo você, não, garoto! Você pode não gostar, mas tem que reconhecer que artista assim é muito foda! Eu dou valor ao cara que dá tudo pra aprimorar a técnica dele! Michael Jackson, Madonna...! Cara, Whitney Houston, Celine Dion...! Cara, a afinação...! Não tem como negar! Eu respeito esse tipo de artista!

— O negócio é que eles deveriam usar isso pro bem — acutilou Jonathan.

A roda em volta caiu na risada. Helena Coimbra não se deu por achada:

— Se eu vou a um show, eu pago pra ver o cara fazer bem o trabalho dele! Eu pago pra ver o profissional!

Jonathan enfiou as mãos nos bolsos traseiros:

— Eu sou mais ligado em bandas que têm uma postura mais crua...

— Vai dizer que você não acha que um músico tem que ter um mínimo de profissionalismo?

— Mas ninguém nunca precisou ser músico pra fazer rock...

A jovem espezinhou:

— Duvido que se você chegar num show e ver tua banda, lá, sem conseguir levar mais de três acordes...

— O punk foi todo feito assim!

— Haha, tá de sacanagem, né, Jay?

— Na boa, o circo em volta de um Michael Jackson, de uma Madonna, Whitney Houston, é todo idealizado pra preencher as expectativas das gravadoras, assim... Só essa parada de ter que vender um número predeterminado de cópias já mata o lance da arte! Viagem você defender esse tipo de artista quando quem mais trabalha pro capital são eles.

Helena rosnou:

— Eu tava falando de MPB, garoto!

— Ah, então beleza, MPB é só uma merda mesmo.

Fava era quem usufruía o PC de casa. Robson nunca se informatizara muito e Jonathan conectava-se à internet da biblioteca da UFF. O e-mail era seu canal com Luciene, às voltas com o curso de Veterinária, em Seropédica — conflitando com o repertório da ETECOP, aliás — e o traslado para o Espírito Santo, onde Júnior a esperava.

Mundo estudava Engenharia Eletrônica custeado pelo pai.

Jonathan e Luciene foram dos poucos a se cacifar em faculdade pública, além de Maisena, que fazia Psicologia na UFRJ. Bujão estava na Estácio de Sá, e Ângelo cursava Cinema na PUC, onde coincidira com Karla, que optara por Jornalismo.

Sérvio Túlio nem por decreto alcançou vaga em uma federal, conforme escreveu Luciene, sem que Jonathan perguntasse.

Não era fácil conciliar a UFF, em Niterói, com o estágio no Flamengo, Zona Sul do Rio de Janeiro, levando em conta o tempo desperdiçado entre ônibus, barcas e metrô, mas tinha certeza de que a alegação de não comparecer às rodas de chope depois do trabalho para encontrar a namorada jogava uma pá de cal em qualquer suspeita sobre seu amadurecimento.

❖

Irã contrabalançava os sintomas de falência da Varig.

❖

Jonathan se perguntava quanto tempo mais suportaria assistir à mãe esmolejando uma ligação de Celso. Achava que era esse o nome agora: Celso. Talvez por isso fosse tão diligente em matar o tempo com o Fuzz...

❖

Tia Brunei foi acometida por um AVC.

❖

Jonathan tinha a sensação de que se desenvolvera um pouco, deixando de ser tão franzino.

❖

Imaginava a cara de Luciene caso um dia lhe dissesse que as meninas que pegava na verdade não eram meninas.

❖

— Fala, Mickey!

Cobain sampava a manzorra no primeiro que soltasse a gracinha. A trapalhada alucinógena, além de problemas gástricos, lhe trouxera a corrosão das cordas vocais, reduzindo sua voz de trovão ao chiado fininho do ratinho dos desenhos animados.

❖

Jonathan ignorava as ligações de Jean. Cada vez que se esbarravam nos corredores da UFF, por pura casualidade, havia unicamente um basto constrangimento.

Foi assim com todos os que se aproximaram dele naquele tempo.

❖

Nunca mais pisou a área central do Plaza Shopping e, quando não podia evitar Gilberto na escadaria do prédio, fazia como se não o conhecesse.

É que adquiria uma náusea tão aguda das pessoas depois de ter algum tipo de contato físico com elas que por pouco não as escorraçava debaixo de porrada!

❖

A faculdade promoveria um seminário em parceria com o Consulado francês no Rio de Janeiro.

Foi quando recebeu uma mensagem de Luciene, marcando de se verem no fim de semana.

❖

— Já tem data?

— Final do ano...

— Caramba, Lu...Cara...

— Sei lá, Jay... Maior adrenalina!

— Cara...

Luciene lhe deu a notícia em uma das salas de exposição do CCBB, que exibia gravuras de Fayga Ostrower. Jonathan gostaria de ter sido mais efusivo:

— Que loucura...

— Pois é...

— E vocês planejaram, sei lá... ?

— Tipo casar na igreja?! — disse ela, rançosa.

— É, haha...

— Cara, a gente tá tranquilo nesse ponto...

Jonathan relatou que pleiteava vaga em alguma agência depois do estágio.

— Olha, Jay, não tem grilo, se você arrumar um trabalho aqui pelo Rio, você sabe que pode ficar lá em casa, né? Mamãe vai amar!

— Putz, Lu, sério mesmo...?

— Pelo amor de Deus, né, Jay? Mamãe ia adorar! Assim, porque é aquilo, né? Henrique pulou fora, então...

— Pois é... Estranhaço isso...

O olhar da jovem se nublou:

— Tranquilo... Se ele prefere, ele é que sabe... Agora, tem aquilo... Eu, indo embora também...

Jonathan foi mais indiscreto que de costume:

— Você não pensou em levar a tia com vo...

— Ela não quer! — apressurou Luciene. — Você sabe como mamãe é teimosa!

II

O seminário promovido pela Coordenação de Graduação em Design se chamava "Design Comportamental e Derivações Socioculturais", e propunha discutir a influência do design na contemporaneidade. O Consulado da França patrocinou a vinda de dois jovens artistas que despontavam no velho continente, Étienne Dorison e Joël Charlot.

Jonathan se inscrevera como monitor, acompanhando os convidados nacionais e estrangeiros do hotel até o auditório, locais de refeição e controlando os horários de suas respectivas falas. Outros monitores assessoravam na composição das mesas, *coffee break* e preparação do equipamento usado nas intervenções.

O banquete de abertura teve lugar no restaurante La Mole, na praia de Icaraí. Os pratos incluíam, além do couvert, medalhão de filé mignon à piemontesa, risoto de camarão, estrogonofe, vinhos e champanhe.

O vice-reitor fazia-se em mestre-sala:

— Não, Cristo Redentor é o seguinte, já teve gente que se jogou lá de cima direto! Antigamente era moda...! Niterói é mais seguro nesse quesito.

— Tem até aquele sambista, não é? — disse uma professora adjunta. — Não teve um sambista que se jogou lá de cima? Noel Rosa?

— Assis Valente! — disse o vice-reitor.

Jonathan não se omitia, ao contrário da maioria dos monitores, em papel um tanto subalterno.

— Nada comparado à Isadora Duncan...

O comentário, carregado de acento parisiense, vinha da ala onde se concentravam os franceses — além dos artistas, o adido cultural do Consulado, Jean-François Molot, e um secretário em representação do cônsul, a quem Jonathan não fora apresentado.

Como não dispusesse da lista com os nomes dos envolvidos e espicaçado pela curiosidade, Jonathan achegou-se àquele canto da mesa:

— Qual foi o lance?

— Pois não? — disse o homem, em sinal de que não sabia exatamente a que o rapaz se referia.

— Isadora Duncan...

— *Tiens*! Você gosta?

Jonathan não era um especialista; mesmo assim, disse:

— Acho maneiro.

— Maravilha! — fez o homem, com institucional descontração. — Eu conheço muito... Fui bailarino antes de entrar *à la fac*...! Sabe como ela morreu?

— Não, não tenho nem ideia...

— Enforcada...

— Ah, ela se matou...?

— Não exatamente... A echarpe dela ficou presa na roda do carro...

— Putz!

— Prendeu e puxou ela pra fora e jogou ela pra longe...

— Caramba... — disse Jonathan, boquiaberto.

Avaliou a pessoa que tinha diante de si; trigueiro, cabelos e olhos escuros, barba escrupulosamente aparada, músculos mal contidos sob o terno azul-marinho — não haveria desistido da prática de exercícios depois de abandonar a dança? —, gravata vinho, um bocadinho frouxa. Ousava uma série de coloquialismos brasileiros.

— Ah, parei; parei, sim... É difícil conciliar o serviço no Consulado *avec la dance...*

— Ah, que pena...

— Pena por quê?

— Bom, se você teve que parar de dançar...

— *Mais non! Écoute, moi, je...* Quer dizer, eu não me incomodo... Não queria ser o Baryshnikov, o Besserer... O serviço no Consulado é mais tranquilo, a dança é muita disciplina... Se você quer chegar *au top*, tem que parar tudo... Eu gosto do Consulado, gosto desse lance de tá aqui, um dia, e lá; aqui, hoje, outro dia lá... Sabe, essa incerteza... Esse lance de ter que viajar daqui pra ali...

— Então rola de viajar muito?

— Ah, com certeza...! — O francês fez uma pausa, como se aquilatasse o efeito que suscitaria: — Viaja pra caralho!

Ambos riram. Jonathan achou elegante a forma como o outro sustinha o cálice de champanhe.

— Você faz desenho... Jonathan? — perguntou ele, lendo o nome que Jonathan trazia na credencial.

— Especialização em Design.

— Tem campo pra você aqui no Brasil?

Jonathan desfiou a escassez de oportunidades, o fato de ter apenas estagiado até o momento e a procura por um emprego com carteira assinada.

O francês o olhou de alto a baixo, de um modo que não poderia afirmar que lhe tenha desagradado. Aceitou uma taça. Passou a maior parte da noite conversando com aquele homem, fascinado pela firmeza com que ele manejava qualquer assunto, a ausência de indecisão, e o sorriso... Um sorriso tão generoso que Jonathan, mais de uma vez, tentou dizer algo engraçado, só para vê-lo sorrir.

Quis ele saber as predileções de Jonathan no âmbito do design; Saul Bass, Alan Fletcher, Le Corbusier, Van der Rohe... Que graça, conhecia todos! Jonathan falou de música.

— *Non*, britpop, não conheço... Como é? — disse ele, chegando o ouvido mais próximo à boca do rapaz. — Suede? Não... Nunca ouvi... Não conheço rock... Na França, eu ouvia Johnny Hallyday... Tem uma música que eu gosto, você conhece? *"You're just too good to be true/ I can't take my eyes off you/ You'd be like heaven to touch/ I wanna hold you so much... I love you baby/ And if it's quite all right/ I need you baby..."*[32] — cantou, com afinação razoavelmente digna. — Aqui no Brasil me amarro muito em pagode... Raça Negra... Uma vez, fui a um pagode na Urca, com o pessoal do Consulado... Olha, mas muito bom...! Conhece? Gosta de pagode? Conhece a Urca? Com certeza, né? Conhece...

Foi inusitado que Jonathan não tenha emitido sequer um muxoxo diante de orientação musical tão rudimentar...

Depois de mais algumas taças, o homem sacou do bolso um cartão:

— De repente, se você precisar de alguma coisa... Ou só se quiser bater um papo... *N'hésitez pas...*

No cartão com o selo do Consulado, se lia o nome P. Pouget.

— O pessoal do Consulado me chama de P — acrescentou o francês. — Haha... Os brasileiros...

— E "P" quer dizer o quê?

— Patrice.

---

32 Robert Gaudio/ Robert Crewe, "Can't Take My Eyes Off You" © Sony/ ATV Music Publishing LLC, BMG Rights Management, Broma 16.

III

A fotografia emoldurada e duas cópias em menor formato estavam à espera no estúdio fotográfico.

— Pode embrulhar pra presente? — indagou Jonathan.

Enquanto a secretária esticava o papel dourado sobre o balcão, surgiu Arif, revirando as gavetas da recepção até encontrar uma velha régua escolar. Saudou Jonathan entre os dentes e voltou para dentro.

Jonathan retribuiu, também laconicamente, certo de que, se Fava estivesse ali, o comportamento do retratista seria diferente.

❖

Quando comunicou seu desligamento do Jet Mill's, Zaquieu e Simona o galardoaram com sua mais ousada criação: McLethal Weapon, titânico sanduíche à base de Cheddar McMelt, McFish, McChicken, Cheeseburguer e Big Mac.

Zaquieu perguntou se não ia rolar uma farra de despedida. Jonathan respondeu que já tinha uma parada marcada com a namorada.

❖

A estação Courone de metrô era a mais próxima do estúdio L'Emission. Sonhava com este nome: "Courone".

Várias vezes foi à sessão de turismo da livraria Mega Store, na Rua do Ouvidor, meramente para engolfar-se num livreto de Paris e perder-se no mapa de suas inumeráveis linhas de metrô. P as conheceria de cor.

Sempre dizia "P". Patrice era um nome tão dileto que em uma única ocasião se atreveu a pronunciá-lo, na primeira vez em que dormiram juntos.

❖

D. Wilza injetou insulina.

— Já viu o filme, tia?

— Vou ver, querido, a tia não teve tempo...

Jonathan achava a escusa pitoresca, considerando que os afazeres da mulher se resumiam às sessões de fisioterapia na ABBR.

❖

Às oito da manhã, Luciene desceu do ônibus da empresa Água Branca, proveniente de Vitória. Tinha uma expressão inesperadamente descansada, e correu para o amigo na zona de desembarque da rodoviária Novo Rio:

— Ai, Jay, não precisava vir me buscar... Eu pego um táxi, garoto...

— E carro, quando?

— Putz, eu tirei a CNH tem tão pouco tempo... Comigo não tem essa! No que eu sento no ônibus, não sei o que acontece, porque eu já sento dormindo! Capoto direto!

— Queria ser que nem você!

— Haha...! Júnior fica puto, porque ele só dorme com Rivotril!

— Ah...

— É, tipo, a gente entrou no ônibus, ele tem que tomar logo um sossega-leão, senão fica acordadaço a viagem toda! Aí ele olha pra mim, assim, do lado, eu lá...

Luciene fez a mímica de dormir sovada, recusando que o colega se encarregasse da mochila:

— Tá leve!

❖

O vapor efluía do pastelão desventrado nos degraus da igreja matriz de Nossa Senhora da Glória, que Luciene misturava ao dulçor verde amarelento do caldo espremido numa das barracas da feirinha de artesanato no Largo do Machado. Jonathan quis só Coca-Cola.

— Cara, tava morrendo de vontade de comer pastel com caldo de cana! Lembra a Padrão, na Buenos Aires?

— Tá gostando de Vitória? — fez Jonathan.

— Muito maneiro... Quer dizer, não deu pra conhecer tudo, mas tô achando bem legal... Eu não tenho muito grilo pra me adaptar, não, Jay, na boa...

Fosse Beirute, Chicago ou Amsterdam, a adaptação de Luciene dependeria somente de poder amanhecer cada dia ao lado de Júnior.

— Cara, muito louco, esse treco da França, cara... — disse ela.

— Não caiu a ficha ainda...

— Quando você me escreveu, assim, eu meio que... Ah, meio que já esperava, né, Jay, na boa... CDF pra cacete! Eu falei assim pra Júnior: "Não, cara, Jay é muito foda!".

— É, foi meio de repente...

— Você chegou, assim, mandou currículo, os caras te aceitaram na boa, disseram: "Vem pra cá", e tal?

Jonathan eludiu o esclarecimento:

— Tem notícia da galera?

— Mais ou menos — disse a moça. — Maisena é com quem eu tenho mais contato...

— Ela tá aqui no Rio?

— Tá em Bangu 1.

— Quê?!

— Psicóloga da prisão! Passou num concurso... Cara, imagina? Ela, daquele jeitinho, entrando no meio da bandidagem?!

— Sinistro!

— Outro dia o presídio virou, aquele corre-corre — disse Luciene, benzendo-se. — Nem deu pra eu te escrever, saiu até na televisão, não sei se você chegou a ver.

— Ela tava naquela parada?!

— Cara, tava...! Mas conseguiram tirar os funcionários...

— Loucura total! Ela, toda delicadinha, toda mimosinha...!

— Quem vê não diz...

Relembram as sacanagens que rolavam na ETECOP.

— Cara, quem eu nunca mais soube nada foi Porra-Louca.

— Também tô por fora... — fez o rapaz.

— Ângelo foi pra Inglaterra, né?

— Ah, sim?

— Queria que ele fosse pra onde? Pra Marraquexe? Tá super ligado em tecnologia...! Celular, só de última geração...

— Hahaha... Mundo ainda tá com Jaqueline?

— Até onde eu sei, tá... Cara, tenho uma pra te contar: Bujão!

— O quê? — disse Jonathan, com avidez.

— Virou modelo!

— Tá de sacanagem!

— Mo-de-lo!

— Sério?

— Seríssimo! Vi outro dia, numa revista.

— Quando?

— Sei lá, não tem nem duas semanas! Tava eu lá, no salão em Vitória; em Vitória, saca só; tranquilamente, dando um trato, aí, pego uma revista, assim: "Galera do céu!".

Jonathan dimensionou a façanha:

— Qual revista...?

— Era um catálogo de maquiagem, assim, só que, cara, você nem dizia...! Eu quase não reconheci...! Emagreceu à beça!

— Cara... Que loucura...

— Sinal dos tempos... Quem mandou ficar chamando de Bujão? Olha aí...

— Ela sabia?

— Sei lá... Se não sabia...

— Eu perdi contato, total. Pra você ter uma ideia, a última vez que eu vi a galera foi na formatura.

— É, na formatura meio que já tinha rolado uma metamorfose ambulante, né? Cá entre nós... Neguinho já: "Pegável, pegável!". Marcelo Melo...

— Sempre levei fé nessa menina!

— Sérvio Túlio foi pra...

Jonathan interrompeu astutamente:

— Cara, já pensou Virgínia chegar na sua mãe, abrir o catálogo da Avon, assim, e tchan! Bujão na capa! Haha... Já pensou...? Cara... Na boa, eu sempre achei meio escroto a galera ficar "Bento Alves, Bento Alves" perto de Virgínia assim... Ela podia sacar...

Luciene entristeceu-se:

— Você não sabe não, né?

— O quê?

— Virgínia...

— Que que tem?

— Se matou.

Jonathan reprimiu o que ia dizer.

— Comeu veneno de rato... Mamãe ainda não sabe... Eu fiquei sabendo tem três dias, porque... Putz... Ela tinha ficado

213

com Esquila Maria, né? Mamãe deixou com ela, porque não tinha confiança em mais ninguém, não sei o que, não sei que lá... Aí liguei pra lá, pra saber se tava tudo bem, se precisava de alguma coisa, levar no veterinário... Quem atendeu foi uma vizinha. Tô pensando em como é que eu vou dar a notícia a mamãe. Melhor pessoalmente, eu acho... Sei lá... Veneno de rato, cara... Que doideira...

Jonathan não assimilava as frases, nem que a tal vizinha era agora quem cuidava da cadela.

— Mas como é que foi a parada? Os caras toparam de cara? É um estúdio maneiro? Você vai como estudante?

Jonathan levou a lata de Coca-Cola vazia até uma lixeira próxima e tornou a sentar-se ao lado da amiga:

— É um estúdio...

Luciene pousou o copo de caldo de cana ao lado, amassando o papelzinho engordurado do pastel já devorado:

— Mas você é que entrou em contato?

Jonathan entesou as costas:

— Teve um cara que me deu uma força...

— Ah, legal, ele é de lá? Amigo seu?

Jonathan não pôde evitar que as lágrimas lhe rolassem sem remissão.

Luciene, sem alarme, com todo desvelo, lhe estendeu um lenço de papel, dos que trazia sempre consigo, e a forma como Jonathan enxugou o rosto foi, por fim, a de um ser humano, sem nenhum traço de amadurecimento:

— Mais que amigo...

Contou tudo. O jantar onde conheceu Patrice; o muito que conversaram naquela noite; a sofreguidão com que ligou no dia seguinte; o tempo compartido no Leblon, onde o francês morava, em Copacabana, em Ipanema, no pagode da Urca, antes que Patrice fosse transferido para Paris, dizendo baixinho a Jonathan: "Vem comigo", na última noite juntos no Brasil. Tudo entre lágrimas. As lágrimas que negara a Fava, à mãe, a Robson, ao pai, à tia Brunei, entregava agora a Luciene. Não, nunca houve nenhuma Patrícia, nenhuma namorada.

— Não queria ir embora sem que você soubesse... Sei lá... Queria falar pra você...

Luciene lhe acariciou a fronte:

— Não tem problema, Jay... Tá tudo bem...

O rapaz perpassou o guardanapo sobre as pálpebras.

— Você achava que a gente ia ligar pra isso, Jay? Achava?

Jonathan soluçava:

— Não, tipo assim... Hoje é mais tranquilo... Com o Fuzz e tal... É mais tranquilo... Antes é que...

— Eu imagino...

— Sabe o que eu quero dizer? — indagou Jonathan, esperando que a colega chegasse às próprias conclusões. — Sabe?

— Sei, Jay... — fez ela, urbanamente.

Jonathan não se satisfez:

— Sabe de quem eu tô falando, Lu?

A jovem nada disse.

E o que se formou no âmago de Jonathan ganhou tamanha proporção que o nome Sérvio Túlio se esvurmou dos seus lábios como um bicho que escavasse a terra que o sepultara por cem anos, arrastando tanto pranto e tanta matéria viva que Jonathan mal concatenava o que punha Luciene a par de tudo quanto Sérvio Túlio havia representado; e todas as noites em que velara o sono do rapaz; e seu noivado no McDonald's; o disfarce nas provas finais; o medo selvagem de serem pegos; Bianca, a vingança contra Zoghby; o suor no agasalho Adidas; e as rezas para que Sérvio Túlio o chamasse por telefone; sua pretensão de guiá-lo pelo mundo, e...

❖

Jonathan demorou a levantar a cabeça. Se o tivesse feito antes, veria que Luciene também enxugava os olhos.

— Eu... Eu não queria ir embora sem falar isso com você... Meio barra, mas agora eu acho até meio... Sei lá... Você entra numa paranoia que, sei lá... Você não pode relaxar, tá o tempo todo pensando se falou direitinho, se não deu uma desmunhecada, se falou que vai pegar "as mulher", se falou de bunda, peito, boceta... Putz, cara... Na boa, não desejo isso pra ninguém! Não, na boa, tipo assim... Sei lá, Lu, não... Não queria ir embora sem te falar isso... Sei lá... Não queria...

— Bom, talvez, tipo, quando você voltar pro Brasil...

A resposta foi branda, mas seca:

— Não rola voltar, Lu...

Só então Luciene compreendeu a amplitude da confissão. Jonathan sobraçou os joelhos:

— Por mais que você faça, não sei se dá pra entender... Enganar todo mundo, assim, vinte e quatro horas por dia, todo mundo, todo mundo mesmo, cem por cento, não rola! Não sei... — Sondou a amiga: — Não sei se chegou a rolar esse papo entre vocês...

— Como assim?

— Chegou?

— O quê?

— A rolar esse papo entre vocês?

— Vocês quem? — disse ela.

Jonathan bebeu um gole do caldo deixado de lado:

— Júnior nunca comentou nada?

A jovem tomou-lhe o copo das mãos. Jonathan viu nisso a tentativa de sonegar uma verdade.

— É difícil, sabe, Lu... Assim... Eu acho que... Acho que deu pra me segurar legal com a galera. Só com Júnior é que eu acho que nunca funcionou muito bem...

A jovem sorveu as últimas gotas da bebida.

— Acho que Júnior foi a única pessoa que eu nunca consegui enganar...

Luciene pôs o copo vazio de volta no degrau, ajeitou a blusa, bateu um farelinho de pastel na calça cáqui e sorriu com ternura:

— Você nunca conseguiu enganar ninguém, Jay... — O rapaz ouviu, inerte. — A galera não falava nada porque... Meio que... A gente... Sei lá...

Jonathan recolhia caracteres soltos no cosmos para impor--lhes algum sentido mentalmente.

Luciene admirava os flanelinhas da Tavares de Lima:

— Essa parada de "Bento Alves" nunca foi pra Virgínia...

Jonathan desejou que não se tivesse passado um só instante desde que Raimundo... Se até hoje vivesse com o couro cabeludo descolado, tudo teria sido mais fácil. Viu sua vida salgar-se num saquinho de batatas fritas do McDonald's. Porque Marzagão e Boca-de-Peixe não chegavam ali, do nada, e lhe cobriam de porrada, deixando-o entrevado para o resto de seus dias?

Luciene brincava velhacamente com um lenço de papel:

— Cara, você disfarça muito mal...

Pouco a pouco, como quem denega uma disputa, tão pacífico foi se tornando o alento do rapaz que se engajou com a amiga numa gargalhada franca, contagiando o bairro, a cidade e o mundo todo...

❖

O motorista, descomunal ao volante do Santana 94, rechinava tediosamente, recordando o ronco de d. Wilza.

— É pra onde, hein? — perguntou ele.

— Pra Rua do Riachuelo, por favor — disse Jonathan.

— Pena que eu não vou poder te levar no aeroporto, eu não vou tá aqui no Rio — disse Luciene.

— Como é? — fez o motorista.

— Não, não, tô falando aqui com ele — aclarou a jovem.

O homem tossiu um cachão de catarro e engoliu. Os amigos se entreolharam com simultâneo esgar de asco.

— Não quero que ninguém me leve, Lu. Já falei lá em casa... Não tô a fim... Não rola...! Não rola!

— Ah, mas eu queria, sabia? Sei lá. Sei lá quando a gente vai se ver de novo...

— Você vai lá me visitar.

Sombras de oitis e flamboyants lajeavam a Rua do Catete, mas, antes de subirem no táxi, antes mesmo de descerem a escadaria do frontispício da Matriz de Nossa Senhora da Glória, no momento em que Luciene pôs no ombro a mochila de onde tirava seu arsenal de lencinhos de papel, já sabiam que aquela seria a verdadeira despedida. A jovem soltou um suspirozinho quando se abraçaram ali, de pé.

Fosse ela capaz de escutar o que não se diz com voz, ouviria o que Jonathan lhe dizia em um idioma feito de candor, aroma e pele: "Eu também tive um primeiro amor..."

IV

Enquanto Fabrício assinava a papelada no Sindicato dos Comerciários, Jonathan se perguntava por que não reconhecera firma em um cartório do Rio, em vez de ir até Niterói sempre que precisava autenticar documentos; e também o que teria levado Galvão a transigir que ele mantivesse a indenização em troca da multa rescisória.

❖

Deixou que o ex-supervisor se distanciasse na André Cavalcante. Perambulou pela Lapa e Passeio Público, Senador Dantas e Rio Branco.

Camelôs vendiam artigos de informática à sombra do edifício Avenida Central, mas Jonathan não subiu à galeria do prédio. Tampouco lhe apetecia um McLanche Feliz.

Cortou a praça Mário Lago pelo meio. Na Rua da Quitanda, quase esquina com São José, a cem metros do terminal Menezes Cortes, uma aglomeração de gente prenunciava uma altercação.

Não passaria em casa. Ou, melhor dizendo, não passaria na casa da mãe. Habituara-se a tratar Niterói como reles burocracia. Seu novo local de nascimento seria Paris.

O suor dos dedos estropiava a fibra do envelope de papel pardo que trazia nas mãos.

No meio do alarido, entrevia-se uma senhora de aspecto miserável, cabelo mal amansado por grampos coloridos e óculos remendados com esparadrapo, que pregava a esmo.

— Vale cheque pré?! — disse alguém.

— Ri, povo! Ri bastante! O seu dia há de chegar! — retorquia ela. — Depois, diz: "Eu tô doente, eu não sei por quê!"; "Eu perdi meu emprego, eu não sei por quê!"; "A cachaça aderiu na minha casa, eu não sei por quê!".

"Roga praga!"; "Crente é foda!", exclamavam ao redor.

— Quem aqui já sentiu a palavra do Senhor Jesus? — indagou ela para a multidão. — Será que ninguém aqui conheçe o sangue de Jesus? Só relincha, relincha!?

— Relincha, Alazão! — bramiu um velho.

— Não é possível que o Senhor Jesus não tenha lavado o chão de cada qual com seu sangue, livrado da perfídia do tinhoso...

Uma dama que rumava para a Rua da Assembleia ergueu o braço de longe.

— Glória a Deus, minha irmã! — louvou a pregadora. — Sangue de Jesus tem poder! Aquele que é escolhido pelo Senhor Jesus não se perde no riscado do Tranca Rua, do Zé *Pilantra*! Não perde o filho pra maconha, não perde o marido pra cachaça, não perde a mulher pro amante! A paz vai reinar na tua casa, a maconha vai sair da tua boca, a cocaína vai ser expulsa do teu nariz, a cachaça vai passar longe da tua vida! Você pode ser o escolhido! É só abrir a porta para a glória do Senhor Jesus operar na tua vida! A casa *própia* vai vir parar na palma da tua mão, os artista de televisão vão voltar pro poço da ignorância! As novelas são as maiores assassinas de criança desse país! Pra cada novela da televisão, sete crianças são sacrificadas no dia da estreia! Artista é os maiores comedores de *difunto* desse país!

O encadeamento de ideias sugeria que talvez não gozasse de pleno juízo.

"Como é que acabou a novela ontem?"; "Jesus Cristo tá me devendo um carro zero até hoje!", chumbavam-lhe na cara.

Mas não foi até que a mulher subisse em um caixote abandonado que Jonathan vagiu para dentro de si:

— Crica?!

❖

Quanto tempo se passou até que Jonathan metesse o envelope no bolso traseiro das calças, abrindo caminho à cotoveladas no enxurro?

— Crica! Crica! — Ansiava tirá-la do meio da escória indiferente a sua penúria, protegê-la das afrontas covardes. — Crica, sou eu, Crica! Sou eu!

Estaria com fome? A julgar pelos andrajos, a camiseta de algodão, manchada de suor, a saia puída, as sandálias de plástico, não disporia de meios para subsistir. Por isso ligara tantas vezes para a casa deles... Para pedir dinheiro... Pediria dinheiro em troca de ficar calada...! Viveria debaixo da ponte? E sua família? Teria família no Rio de Janeiro? Ou em Niterói? Tudo aquilo que jamais o amofinara a respeito de Crica fustigava-o agora de uma só vez.

Quanto devia a Crica! Não, Apolônia... Apolônia era o nome certo! Quanto lhe devia! Fora ela a primeira em alertar para o fenômeno que atravancava sua vida. Graças a ela, sua mãe pudera enfrentar tia Brunei de igual para igual. Queria agradecer-lhe por tudo, por levar a ele e aos irmãos à escola, desculpar-se por xingá-la de bacorinha quando era criança. Enviaria dinheiro para ela da França! Selaria sua partida do Brasil fazendo-se responsável por alguém.

— Crica! Crica!

A mulher não atendia.

— Crica... Crica, sou eu...! Pera aí, não faz isso, não! — gritava para a turba. — Ela não tá bem...! Eu vou tirar ela daqui... Crica!

Pousando a mão sobre a mesma bíblia carunchosa da qual jamais se separava desde Santa Rosa, Crica deprecava uma ladainha ininteligível. Talvez conclamasse um raio para dizimar os pecadores da rua Uruguaiana.

Jonathan falava com a docilidade que se usa com um doido, pedia baixinho que ela descesse do palanque:

— Crica... Sou eu... Lembra de mim? Vem, *vambora*... Me dá a mão... Vem...

A mulher abriu lentamente os olhos. O povaréu riçava: "Tá com pena? Leva pra casa!"; "Tá com o carnê em dia, *compade*?"; "Deixa Deus ver, deixa!"; "Vai empacotar a velha!".

Crica encarou longamente o rapaz, como se quisesse recordar de onde ela mesma viera, do que fizera anos atrás, de onde nascera, de por que estava ali...

— Sou eu, Crica... Tá tudo bem... *Vambora* daqui. Vamos fazer um lanche... Vem... Quer um lanche? Quer uma Coca-Cola? Vem, me dá a mão...

A resposta dela foi entumecer o peito e bradar ao céu:

— O carrasco de Deus não perdoa quem vilipendia teu nome, ó Pai! Aquele que fere com a bitola da desgraceira e da pornografia, que não deixa em paz nem uma criança no berço! Essas *criatura* eu conheço bem! Isso é o tinhoso vestindo a casca do ser humano.

Jonathan atemorizou-se:

— Que é isso, Crica?

À medida que a predicadora o indigitava, mais se cerziam sobre ele:

— Isso eu conheço de outros carnavais, isso é a criatura imunda! Meus olhos não hão de ser comidos pela terra sem dar testemunho do que um safado desse faz com uma criancinha! Quem já viu um cristão abusar de criancinha de colo? *Estrupador* é coisa de Deus? Olha quem come criancinha, debaixo dos olhos do Senhor Jesus!

— Qual foi, *rapá*? — arremeteu um homem.

— Isso é o cancro da desgraça no seio da família! A gente olha dentro de casa, não sabe que ali tem um comedor de criancinha! — fazia a pastora.

Jonathan balbuciava, consternado:

— C-Crica, não, Crica...

— É esse mesmo! É esse mesmo! Isso é o *estrupador* do Tranca Rua! — apontava Crica, impiedosamente. — *Estrupador*! *Estrupador*!

— 213 na área? — disse um.

— *Estrupador* é no laço! — disse outro.

— Calma, calma... — imprecava Jonathan.

Crica açoitava-o com o dedo indicador:

— Eu dou testemunho do que eu vi nessa terra de fogo: a besta-fera fazer mal a uma criancinha de colo, ó Pai!

O pânico se apossou de Jonathan:

— Calma aí, galera! Calma aí! Nada a ver! Nada a ver!

Um tabefe lascou-lhe o pescoço. Uma rasteira por pouco não o derrubou. Linchamento. Crica vociferava sem parar.

Jonathan ensebou as canelas na direção da ALERJ. Dois ou três cidadãos lhe deram caça. Na Primeiro de Março, saltou na frente de um ônibus de turismo que chegava ao Menezes Cortes, quase provocando um desastre, adentrando o terminal encoberto por outro veículo na pista vedada a pedestres. Galgou uma das plataformas, emaranhando-se com os circunstantes. Desceu as escadas e desarvorou pela saída da rua Erasmo Braga. Ninguém vinha atrás.

Jonathan correu como se pudesse desfazer-se em seiva borrifada ao vento.

V

D. Wilza bateu no quarto com suavidade. Trazia a sacolinha de fazenda com água, toalha e uma muda de roupa. Chorara tanto ao saber da morte de Virgínia que Luciene chegou a questionar se fizera bem em dar-lhe a notícia; assim como chorara quando Jonathan chegou em casa com a mala de viagem e a mochila de montanha:

— Jonas... A tia deixou almoço pronto.

— Tá bom, tia — disse Jonathan, debaixo dos lençóis.

— Quer que a tia traga alguma coisa?

— Não, não, tia, vou levantar já.

— Tá bom, querido, a tia vai correr na fisioterapia.

D. Wilza não mencionou a reprimenda sofrida horas antes, quando aventou à filha, por telefone, que fisioterapia sábado de manhã era chato demais! "A senhora sempre cheia de desculpas, né, mamãe?".

Sairia na hora do pior sol. Se passasse mal, que sentissem remorso.

❖

Em Paris, seria importante que cada um tivesse seu espaço. Já falara sobre isso com P.

Desjejuou pão besuntado de margarina e Coca-Cola Diet. Só depois escovou os dentes. Não sabia se P o condenaria por só escovar os dentes depois do café da manhã.

Tia Brunei, que repuxava a tramela depois do AVC, dizia que franceses fedem muito, mas Jonathan nunca se molestara pela higiene de P.

— *Moi, j'aime bien Polo bleu, tu vois?* — dizia Patrice. — O azul; o verde, não curto muito.

❖

A mesa de cabeceira improvisada — na realidade, um suporte para TV dotado de gaveta e tabiques — estava praticamente vazia. Vendera a maior parte da coleção de livros, CDs, DVDs e fitas VHS, ou os distribuíra entre o Fuzz, conservando somente o que considerava essencial, como os fascículos do *T.V. Eye*.

❖

O presente de formatura que P enviara de Paris — uma caneta Mont Blanc e a foto de um anel com o bilhete: "Está te esperando aqui" — já tinha lugar cativo na bagagem.

❖

Have you ever been this low?
The taxis take you where you wanna go
Broken windows endless television shows
I haven't ever been so low
I am the one I sing the song

My lights are on but there's nobody home[33]

❖

Achou melhor telefonar para ter certeza do horário do aniversário na segunda-feira.

❖

Soubera do abono obtido pelo pai através do programa de demissão voluntária imposto pela Varig, o que já rendera a Fava um computador novinho em folha.

❖

Por que nunca sentiu saudades de vó Graça?

❖

Discou o número da mãe. Ninguém atendeu.

❖

De volta da ABBR, d. Wilza o encontrou organizando a equipagem. Abertas no chão do quarto, a mala e a mochila eram mandíbulas prestes a levar embora seu filho postiço.

❖

Jonathan a ajudou a sentar-se no sofá da sala, ligando o ventilador de teto e trazendo um copo d'água:
— Tem que beber água, tia, olha a desidratação...

---

33 Brett Lewis Anderson/ Richard John Oakes, "Have You Ever Been This Low?" © BMG Rights Management.

— Ouvi dizer que na França faz frio, meu filho, tá levando agasalho? Se agasalha, senão apanha logo um resfriado.

Jonathan enterneceu-se:

— Tô sim, tia, pode deixar...

Normalmente, não perguntava sobre Mundo. Não gostava de vê-la bambolear a ausência do filho. Retirou *E o Vento Levou* do meio dos outros filmes na prateleira de alumínio:

— Tem tempo agora, tia?

D. Wilza ficou desencaixada:

— Você já almoçou?

— Já — mentiu Jonathan.

— Quer ver agora? — disse ela, hesitante. — Não vai te atrapalhar, não? Você não tem suas coisinhas pra fazer, meu amor?

— Chega de agilizar tanta coisa...!

— O aniversário da sua mãe?

— Depois de amanhã... Minha tia acha que dá azar comemorar antes do dia.

— Verdade, meu filho, azar a gente tem que ver pelas costas... Vai buscar uma cadeira pra você?

— Eu sento aqui no sofá mesmo...

Ela retribuiu um coquetismo infantil. O rapaz acionou o controle remoto do Sony e aninhou-se nas pernas da mulher, que se olvidou a afagar-lhe os cabelos...

❖

Jonathan terminou de passar a extensão por baixo da porta de seu quarto. O filme o empolgara grandemente. Discou o número da mãe. Quase dez da noite. Mais uma vez, o telefone soou sem que ninguém atendesse.

❖

D. Wilza assistira *E o Vento Levou* na mocidade. Sonhava em conhecer um homem como Rhett Butler.

Não permitira que Jonathan desfizesse o embrulho do retrato emoldurado para não danificar o primoroso papel de presente:

— Não, não, meu amor, não precisa! A tia já botou uma pequenininha na estante, a de brinde. Você viu? Não é a mesma? Então... Seu irmão parece mais velho que você na foto... A tia nem acreditou quando você disse que ele é o do meio.

Definitivamente, Robson não fora mais o mesmo depois de se oferecer em holocausto à surra de borracha...

❖

Schubinho — filho do austríaco radicado no Brasil Christoph Schubert, sócio de um frigorífico no Barreto, bairro limítrofe ao Fonseca, onde era dono de várias vivendas, inclusive a alugada pela família de Jonathan — era conhecido por sua irascibilidade, amealhada na adolescência, rubricando, aliás, a teoria de tia Brunei.

Timorato na infância, constantemente vilipendiado pelos garotos do quarteirão, mais velhos, mais malandros e mais sem eira nem beira do que ele, Schubinho compensara os dessabores de sua insegurança e timidez transformando-se em uma espécie de monstro.

Os Schubert abandonaram o bairro em meados dos anos 1990, após a decadência do Fonseca como endereço de famílias endinheiradas, trasladando-se a uma cobertura em Icaraí, mas Schubinho nunca deixou de frequentar a antiga vizinhança, consciente da ascendência que exercia, em razão de sua condição financeira privilegiada. Quando começou a andar com Robson, o irmão de Jonathan iniciava um pequeno negócio de revenda de maconha.

Schubinho circulava pelo apartamento do edifício Nunes como se fizesse questão de lembrar que era proprietário do imóvel. Falava alto, peidava, escarrava da janela direto na rua lá embaixo — uma vez, quase acertando uma senhora — e ria como uma araponga. Herdara a corpulência germânica do pai e mais parecia um gigante no meio dos móveis.

Robson fazia de tudo para não recriminar seu principal cliente, e só marcava com ele quando estava sozinho em casa.

Certa vez, no entanto, Schubinho passou dos limites ao colar meleca no saquinho de uma bucha.

— Porra, não faz isso, não! Qual é mané?! Troço escroto!

— Qual é, *compade*, maluco não repara nessas parada, não! — menoscabou Schubinho.

— Porra, qual é?

— Ô, qual é, mané? Hahaha…! Vai peidar?!

— Cara babaca — disse Robson, de forma quase inaudível.

Fosse o reproche dito em voz alta e Schubinho levaria na esportiva. Aquele tom de voz baixinho e insidioso, no entanto, o mortificava, fazia com que lhe viessem à mente as humilhações a que fora exposto em criança; grifava o que, no fundo, pensavam dele de verdade.

— Babaca é teu cu, filho da puta! Me dá essa porra aqui! — disse, tomando o fumo das mãos de Robson.

— Qual é, cara?! — fez o irmão de Jonathan, tentando reaver o bagulho.

Schubinho o empurrou contra a cômoda, que se estatelou em jogos de computador, livros didáticos ensebados, meias, Tylenol, disquetes antigos e até uma cueca.

Entre os objetos espalhados, havia um frasco de desodorante Axe, que Schubinho arpoou velozmente, disparando o spray sobre a chama do isqueiro que trazia no bolso, criando uma enorme língua de fogo na direção do oponente.

— Tá maluco, porra?! — disse Robson, amedrontado.

Schubinho se deliciava. Foi-se o tempo em que metiam porrada nele a torto e a direito só porque andava todo engomadinho. Enrolou um enorme baseado e começou fumar tranquilamente, mantendo Robson sob terror do lança-chamas, quando não dos próprios punhos.

— Porra, Schubinho, qual é? Não fuma aqui dentro, não, mané, vai foder minha parada, minha mãe...

— Vai tomar no teu cu!

❖

Quando o herdeiro da família Schubert foi embora, bem mais tranquilo, a casa estava uma mixórdia. Além dos danos decorrentes da peleja, deixara ele uma poça de vômito no meio da sala — sentira-se mal pela excessiva dose de fumo haurida de uma só vez —, destruíra sem querer a torre do computador, desconjuntara a geladeira e espalhara chumacinhos de erva aqui e acolá.

Robson não deu conta de pôr tudo em ordem antes que a mãe chegasse com Flávia do Centro de Niterói.

— O que é isso?! — fez a mulher.

A filha pensou tratar-se de uma pergunta objetiva:

— Maconha!

A discussão foi feroz. Robson negou até onde pôde seu envolvimento com o tráfico, mas o manancial de evidências depunha contra ele. Sem que o rapaz entendesse como fora possível tamanha presteza, com que telefonema ou sinal de fumaça, Irã chegou à casa portando uma grossa mangueira de borracha, enrolada como um laço de caubói.

❖

Jonathan só ficou sabendo no dia seguinte, quando Zaquieu o chamou de lado:

— Tua irmã no telefone!

O rapaz se pôs ao aparelho na sala dos fundos do Jet Mill's.

— Than! Sabe alguma coisa de Robson? O celular dele tá apagado!

— Por quê, Fava? O que que houve?

— Deu a maior merda aqui em casa...

— O quê? Que que houve?

— Robson...

— O quê? O quê?

A menina narrou a descoberta da droga oculta no tabuado, a mãe mobilizando o ex-marido e arrependendo-se em seguida ao ver a borracha rinchando no lombo do filho, implorando que Irã tivesse piedade; os gritos, o choro; Robson fugindo pelas escadas do edifício, perseguido pelo pai, que o perdeu de vista na rua...

— Ele não voltou desde ontem! — disse ela.

Jonathan desceu do ônibus no Porto Velho, em São Gonçalo, sentindo o fedor da lama podre acumulada nos flancos da rua Comandante Ari Parreiras. Conferiu o endereço escrito no papelzinho que trazia no bolso. No térreo do prédio Galvão funcionavam um minimercado e uma revendedora de automóveis. Pressionou o número 502 no interfone. Uma mulher atendeu:

— Oi...!

— Boa tarde, eu queria falar com Robson, por favor...

Não houve resposta. Instantes depois, um homem avocou o diálogo:

— Alô?

— Alô, boa tarde, eu queria...

— Quem é?

— Robson tá aí? Queria falar com Robson, por favor...

— Quem é?

— É o irmão dele.

Silêncio.

Dois moleques se aproximaram pela calçada amistosamente intimidadores; ambos de bermuda e blusas folgadas de algodão, uma branca, outra azul-marinho. O de branco, óculos de sol arco-íris, questionou:

— Perdido aí, playboy?

O de azul deschavava cerca, calado. Jonathan foi cortês:

— Beleza...?

— Cabra atolada? Quer bala? Tem bala aqui...

Jonathan empacou.

— Tá com fome? — fez o de branco. — Errou o número?

— Oi?

— Que número tu tá batendo?

— 502.

— Não tem ninguém, não.

— Não, é que...

— Quer bala? Tem bala, quer bala?

— É que eu queria falar com meu irmão...

— Que irmão?

— Robson...

— Não tem Robson nenhum aqui, não.

— N-não, mas...

— Robson de quê?

— Robson Nascimento.

— Conheço não. Tu errou de número — Em seguida, dirigiu-se ao companheiro: — Aí, Baguinho! Errou a porra do número, tô dizendo?

Baguinho, o de azul, escarrou. Jonathan notou-lhe o volume da pistola na cintura:

— Me falaram que, de repente, ele podia tá aqui...

O de camisa branca era o único interlocutor:

— Quem te deu ideia, *compade*?!

❖

Vinte e quatro horas antes, de uma Lan House, Jonathan contactara hospitais e o IML, sem êxito. Quando ligou para Schubinho, temia delatar Robson a algum bandido perigoso, não que o delatado fosse o arrendador do Fonseca...

❖

A mente de Jonathan era um vácuo. Não se lembrava de como fora levado ao beco. Nem sabia ao certo se aquilo era um beco... Se era distante... Não via nada além de uma parede de tijolos sessenta centímetros a sua frente. O chão era de terra? Havia tocos e pedras espalhados? Não sabia... Não olhava para os lados. Não respirava. Não pensava. A Taurus 92 em sua têmpora não estava fria.

❖

Só agora ouvia o que o de branco berrava ao celular, à sua esquerda. Não, direita:
— Porra, Schubinho!... Não fode, porra...! Não fode...! Não dá mole nessa merda, caralho! Tá de caô, *compade*?!... Porra!
O de azul levantou a arma ao ouvir do parceiro:
— Libera essa porra...!
Jonathan sentiu dois tapas na omoplata:
— Não leva a mal, não, playboy... Quando é assim, manda Schubinho avisar, porra...

❖

Robson não parecia cansado. Esperava sob a placa da revendedora de veículos. Despediu-se da escolta de Jonathan com batidas de mão e seguiu com o irmão para o ponto do ônibus.

❖

Não parou de fumar nem quando desceram na Avenida Contorno, ou quando contrapesaram-se na estreita calçada do Ponto Cem Réis, subindo a alameda São Boa Ventura rumo ao edifício Nunes, quando só então apagaria o cigarro.

❖

— Apareceu...! Than chegou com ele, agora...! Não sei... Não sei! Tá, tá bem...! Tá bem... Tá... Até já...!

Flávia discara para o celular de Irã; ele e a ex-mulher haviam ido procurar a polícia. O telefonema os colheu às portas da delegacia.

Resquícios dos últimos acontecimentos vicejavam pela casa.

A jovem não perguntou como Jonathan descobrira o paradeiro do irmão, seguindo-os até o quarto. Jonathan ia na frente:

— Tava em São Gonçalo esse tempo todo?

— Um-hum... — fez Robson, ausente; pediu Cheetos.

Flávia moveu-se para a cozinha, tão espevitada quanto no dia em que se encontrariam para a foto. Jonathan não achava prudente deixá-lo sozinho:

— Mamãe tá super preocupada...

Robson averiguou com os pés o local onde costumava esconder o bagulho. Os dois tacos de madeira retirados deixaram um rombo perene e lúgubre no assoalho:

— Sei...

A irmã trouxe Pringles e Coca-Cola:

— Deixa um restinho de batata pra mim.

Jonathan a fitou detidamente. Os longos cabelos negros, a alvura da pele, as pontas rosadas dos dedos, umbigo desnudo, sandália de salto... Os três não supervalorizavam os fatos, não arrogavam o rol pertinente aos pais:

— Salto alto dentro de casa? — disse Jonathan; sabia que jamais haveria expiação para os momentos em que se via a sós com os dois irmãos ao mesmo tempo, pensando em como seria beijar Raimundo na boca...

... beijar como se faz na televisão... Tocar com seus lábios os lábios pretos de Raimundo... Jonathan agachou no espaço entre o berço e a cama, até ficar defronte à face da irmã, fechou os olhos e pousou os lábios sobre os da criança, levemente...

O tato lhe soube esquisito, quase tão visguento quanto seu fenômeno craniano, e não haveria nada que o convencesse de que beijar na boca fosse tão especial assim para que os adultos andassem fazendo isso do modo como faziam.

Ia deixar o local, mas deu de cara com Crica, prostrada na porta do quarto, fincando-lhe um olhar inédito. Não era zanga... Era outra coisa:

— Que que você tá fazendo aí?
— Nada não, Crica!

❖

Flávia sorriu pela primeira vez:
— Eu ando de salto onde eu quiser...!
Jonathan devolveu:
— Coitado do chão...!
Robson dava os primeiros sinais de fadiga. Pensavam que por essa razão falava de soslaio, não porque o arrivismo seria doravante sua canga, e o olhar borrascoso, sua cicatriz.

Começou a desvestir a larga blusa de algodão, com a dificuldade de quem sente muita dor. Jonathan o auxiliou. Na região do abdômen, lanhos roxos atestavam a fúria com que a mangueira magoara seu corpo. Mas só quando o irmão se virou de costas para apanhar uma bermuda sobre a colcha foi que Jonathan viu a si mesmo, carregando no dorso o carnaval de hematomas que exprimiam a medida do seu débito.

VI

Quando conseguiu completar a ligação, passava de meia-noite; do outro lado, a televisão nunca estivera tão alta:

— Caramba, Fava, tô ligando desde cedo.

— Quê? — fez a menina.

— Tô ligando desde cedo!

— Quem é?

Jonathan irritou-se:

— Sou eu, garota! Não dá pra baixar o volume, não?

— Than?

— A televisão! Abaixa o volume! É pra saber a hora da festa.

Pelo mutismo, Jonathan imaginou que a irmã se tivesse deslocado até a TV. O vozerio, contudo, prosseguia.

— Ué? — disse ela, bruscamente.

— Olha só, deixa pra lá! — replicou Jonathan. — Fala só que horas vai ser a festa.

— Peraí um pouquinho — disse ela.

Jonathan aguardou. Pensou se seriam colegas da escola de Fava… De Robson é que não seriam.

— Alô?

— Alô, mãe?

— Oi, Than...!

— Que bafafá é esse?

— Menino, olha que loucura?!

— Mãe, olha só, eu tô ligando pra saber que horas vai ser a festa na segunda. Eu fiquei ligando pra aí hoje um tempão, não tinha ninguém em casa?

Sem resposta, o rapaz insistiu:

— Mãe? Não dá pra abaixar a televisão, não? Tá muita zoeira. Abaixa a televisão.

— Menino... haha... Você nem imagina...

— Não tô ouvindo direito. Pode abaixar a televisão?

— Não é televisão, não — fez a mãe, figurando uma graça abatida. — Tem Coca-Cola também, não toma cerveja, não?! — agregou, envolvendo-se em uma conversa paralela. — Oi, pronto — disse, como se finalizasse um compromisso. — Pode falar.

Jonathan impacientou-se:

— Olha só, mãe: me diz só que horas é a festa segunda!

A mulher expeliu morosamente:

— A festa tá sendo agora, vê se pode?! Brunei!

— Que que tem tia Brunei?

— Brunei armou tudo, juntou todo mundo, fez uma festa surpresa; eu, sem saber de nada!

Jonathan grunhiu um tinido de circunstância.

— Brunei não vale nada! — disse ela; e, novamente para alguém próximo: — Peraí, peraí que eu já vou!

Tilintar de copos, pândega, sons indistintos.

— Tia Brunei não diz que faz mal comemorar aniversário antes da data?!

— Brunei é fogo! Não sabe como é Brunei? Eu já disse a ela que o que ela fala não se escreve!

— Ninguém falou nada...

— Brunei disse que avisou a todo mundo...! Todo mundo

perguntando de você. Pensei até que tivesse acontecido alguma coisa...

— Ninguém falou nada...

— Não falou com sua irmã? Ligou pro celular?

— Celular é mais caro, eu ligo da Lan House...

— Olha, eu tô meio *out*... Flávia ficou dando volta comigo pela rua o dia inteiro, eu já tava de saco cheio e ela: "Vamos mais aqui, e vamos mais ali!"... Olha, vou te contar... Sabe que eu nem desconfiei?! E Flávia só no celular, só no celular... E eu: "Desliga isso, garota, quer que acumule a conta desse mês também?". Eu pensei que ela pudesse ter falado com você... — A fotografia embrulhada jazia por trás da mala de viagem. — Como é que Brunei juntou essa gente toda? Neuza, lembra de Neuza, que ia lá em casa quando você era pequenininho? E Mina, meu Deus, eu quase nem conheci quando eu vi, falei assim: "Mina, como você engordou!". Ela: "Nem fala, tia, nem fala!", hahaha... Minha Nossa Senhora! Você ia adorar Gustavo, o marido dela... E o neném deles?! Eu disse: "Mina, meu Deus, não é possível!". E Clotilde... Até Clotilde, não lhe gabo o gosto... Até seu pai veio! Olha, vou te dizer, cá entre nós... Esse negócio da Varig, olha... Hahaha... Não devem ter conseguido te avisar... Pera aí. Brunei! Brunei! — fez, para o interior da casa. — Brunei tá dizendo que avisou sim. Deixou recado.

— Não avisou não — disse Jonathan peremptoriamente.

— Deixou recado...!

— Não recebi nada.

— Só se Wilza esqueceu de te avisar. Seu irmão tá aqui, emburrado... Vou falar com sua irmã. Jurava que você sabia! Brunei disse que avisou! Tava até pensando: "Than não deve ter vindo porque se enrolou com a viagem, só pode ser!". Em cima da penteadeira!

— O quê?

— Na penteadeira, vê ali!

— Mãe?

— Então não sei, Flávia!

— Mãe!

— Oi, Than, sua irmã aqui...

— Eu vou pra aí agora! — disse Jonathan.

— Mais de meia-noite! Pelo amor de Deus!

— Eu chamo um táxi.

A conversa interrompeu-se por instantes.

— Claro, Than, vem. Pode vir... Eu vou ficar preocupada com você sozinho de noite... O pessoal já tá indo embora daqui a pouquinho. Quer dormir aqui?

❖

D. Wilza cochilava no sofá, ninada pela TV ligada.

O rapaz levou o telefone de volta à sala e esfolhou o bloquinho de recados na pequena base do aparelho. As últimas anotações não passavam de ordens de Luciene, posologia de medicamentos e incipientes listas de compras.

6. FUNDAMENTALMENTE

I

Smoke
Lingers 'round your fingers
Train
Heave on — to Euston
Do you think you've made
The right decision this time?[34]

O Fuzz se reunira na boate Chien para a despedida de Jonathan — SG fora contratado como DJ do local às segundas-feiras.

Batgirl trouxera o namorado novo, Kleber, que teve dificuldades em se entrosar, achando exótico o desfile de punks e gays *habitués*.

— Wanzer, dá pra parar?! Não aguento mais essa merda! — exclamou Damocles, limpando do rosto um tiro de saliva; atuava como web designer, vaga criada sob medida para ele na empreiteira do pai.

Cobain fazia bico como professor de inglês:

— Bob Dylan é o caralho!

---

34 Johnny Marr/ Steven Patrick Morrissey, "London" © Artemis Muziekuitgeverij B.v., Marr Songs Ltd., Warner Chappell Music France, Warner Tamerlane Pub Corp o/b/o Muziekuitgeverij Artemis Bv, Universal — Polygram Int'l Obo Marr Songs Ltd.

— Não começa com esse papo que Nirvana é melhor que Bob Dylan! Senhor, dai-me paciência...! — fez Batgirl.

Jonathan saiu com Wanzer para fumar. Não era adicto à nicotina, mas filava cigarro de vez em quando.

— Cara, que que cê achou, hein? — perguntou a jovem, reportando-se ao namorado de Batgirl.

— Só falta botar um chapéu de caubói e sair: *"Em festa de rodeio/ Não dá pra ficar parado..."*![35]

Wanzer usava um anel confeccionado por ela mesma, feito com o registro de uma válvula de botijão de gás; óculos Wayfarer, piercing no septo nasal, vestes pretas:

— Não vi ele chegar perto dela hora nenhuma.

— Tá dentro dos padrões, então — disse Jonathan, expelindo uma baforada. — Já te falei que seu nome é lindo?

— Haha... Porra, tu vai fazer falta, sabia?

— Sabia.

Coincidência que Jean também estivesse ali. Deixara crescer o cabelo hirto, descolorindo-o nas pontas, e trocou com Jonathan um discreto aceno.

— Quem é vivo sempre aparece — disse Wanzer.

❖

Vestindo uma polo listrada, jeans e docksides, Kleber tirava sarro de um headbanger — uma desavença ao demandar bebida no caixa —, e a pendenga degenerou em bate-boca.

— *Fuck off*! — fez Batgirl, peitando o metaleiro.

Dois seguranças intervieram. Cobain voou para um dos vigias, que se atracara com a moça:

---

35 Cesar Augusto Saud Abdala/ Cesar Rossini/ Cesar Domingos Rossini, "Festa de Rodeio" © Warner Chappell Music, Inc, Universal Music Publishing Group.

— Tira a mão de cima dela!

Damocles coçou a virilha e somou-se ao pugilato. Jonathan liderava um estéril "deixa-disso".

Um terceiro segurança embarreirava o público, entre eles Wanzer, que, na primeira chance, disparou-lhe um balaço de cuspe nos olhos e correu para o meio da briga.

Team by team, reporters baffled, trumped, tethered, cropped
Look at that low plane, fine, then
Uh oh, overflow, population, common group
But it'll do, save yourself, serve yourself
World serves its own needs, listen to your heart bleed
Tell me with the Rapture and the reverent in the right, right
You vitriolic, patriotic, slam fight, bright light
Feeling pretty psyched
It's the end of the world as we know it
It's the end of the world as we know it
It's the end of the world as we know it and I feel fine[36]

❖

Cobain foi quem mais deu trabalho para ser expulso:

— Tô indo, tô saindo, porra! Tira a mão! Tira a mão! Vai tomar no cu! Não fode!

❖

Batgirl procurava o namorado entre o Fuzz, espalhado entre o público já rarefeito na praça Leoni Ramos:

— Viram Kleber? Será que ele ficou lá dentro?

— Não sei, não vi. Ele saiu? — disse Damocles.

Cobain malocara uma Heineken da boate:

---

36 John Michael Stipe/ Michael E. Mills/ Peter Lawrence Buck/ William Thomas Berry, "It's The End Of The World As We Know It (And I Feel Fine)" © Universal Music Publishing Group.

— Daqui a pouco ele aparece, deve ter ido dar uma mijada.

Na ombreira do Portal da Cantareira, Jean, junto a um rapaz idêntico a Mick Hucknall, observava o povo dispersando do outro lado da rua Alexandre Moura. Jonathan achegou-se a ele:

— Te botaram pra fora também?

— Pô, nem vi direito o que aconteceu. Só senti aquele mãozão, assim, empurrando a gente, assim... — disse Jean.

— Os caras são muito manés! Não é primeira vez que a gente tem problema aqui na casa — disse Jonathan, também desalojado, recordando ocasiões em que o Fuzz fora chamado à civilidade pela seguridade da Chien.

— Tá perdido na parada? — disse Jean.

— Tô meio de despedida...

— Tá vazando já?

— Vazando do Brasil, na verdade.

— Sério?! Que do caralho! Vai pra onde?

— Paris.

— Caraca! Cara, muito maneiro...! Fazer Pós?

— Um lance que pintou, assim meio que de repente... Uma agência de design...

— Cara, muito maneiro...

Mick Hucknall intrometeu-se; seu rosto rosado e sardento divergia do marrom da pele de Jean:

— Os caras chegaram na maior ignorância, assim: "Sai fora! Sai fora!". Palhaçada!

— Muito escroto... — disse Jonathan circunstancialmente, retomando a interlocução com o antigo colega de faculdade:

— E como é que cê tá?

— Legal, legal... — fez Jean. — Quando você embarca?

— Depois de amanhã.

— Sério?! Correria, né?

— Pois é, eu...

Jean sentiu o jovem ruivo entrelaçar-lhe o quadril:

— Putz! Nem apresentei! Esse aqui é o Márcio; Márcio, Jonathan; Jonathan, Márcio.

Ambos se cumprimentaram. Damocles e o Fuzz arrimaram-se:

— Bora pro Arnaldo, Chien *trashou*.

Jonathan levou os dedos ao lóbulo da orelha, bafejando para Jean:

— Se tiver a fim...

Jean, por seu turno, indagou a Márcio:

— Tá a fim?

Márcio, visivelmente enciumado, deu de ombros, com despeitada displicência.

Damocles mostrou aos amigos o tabletinho com a Pantera Cor-de-Rosa gravada dos dois lados:

— Acho que não é muito forte. Um amigo meu tomou e disse que tá tranquilo.

Wanzer tragou do cigarro:

— Tô dando um tempo de ácido. Tem que rolar uma ventilada... Da última vez foi foda. O marketing do tráfico é muito escroto...

Damocles negou:

— Se fosse eu, não fazia nada muito *cool*, não... Restringe o público. Principalmente o infantil.

— Kleber tá lá dentro! — disse Batgirl.

— Ele não saiu? — disse Jonathan.

Cobain amassou a lata de cerveja:

— Tá mijando até agora!

— Ele tem celular? — indagou Wanzer.

— Quem não tem sou eu — disse a jovem.

Damocles desembainhou um Nokia 6610:

— Quer o meu? Qual o número dele?

Jonathan ainda sublimava aversão ao celular. Batgirl resignou-se:

— Cara, não sei, não consigo decorar!

Jonathan, como os *slaves* diziam, "escaneava" Jean à socapa, flagrando-o ostensivamente na mesma atitude. Márcio tamborilava os calcanhares:

— Vamo sair fora?

— Galera, relaxa, na boa, Kleber é meio desligadaço assim mesmo... — penhorava Batgirl.

Jean puxou Jonathan, com o tom de voz capcioso dos tempo da UFF:

— Vocês vão pro Arnaldo?

Márcio espreitava à distância, de mãos nas cadeiras. Jonathan cravou os olhos do amigo:

— Me diz você...

❖

Afundando os pés na areia da praia de Icaraí quase deserta, segurando os calçados na pontinha dos dedos, Jonathan arrependeu-se de não haver pedido a Wanzer dois ou três cigarros a mais.

Simona jurava que Niterói era uma espécie de Rio de Janeiro mirim, com Icaraí sendo Copacabana e São Domingos, a Lapa...

Não esperou tanto quanto imaginou que esperaria. Camisa preta colada ao corpo, calças verde-musgo, tênis branco, Jean veio pelo calçadão da orla como se a madrugada fulgurasse a luz do meio-dia.

— Pensei que você fosse demorar mais — disse Jonathan.

— Márcio é tranquilo.

— Ele...

— Ele tá tranquilo...

Prognata, Jean esfacelava salitre ao respirar. Jonathan sussurrou-lhe:

— Tem cigarro?

II

There's a song playing on the radio
Sky high in the airwaves on the morning show
And there's a lifeline slipping as the record plays
And as I open the blinds in my mind I'm believing that you
could stay[37]

Jonathan se enxaguava febrilmente no chuveiro. Quando chegasse a Paris, empenharia todos os meios para bloquear Jean caso o rapaz quisesse manter contato.

Luciene fora a primeira em telefonar. Quando Jonathan menos esperasse, ela e Júnior aterrizariam na Europa para barbarizar! Riram muito. Riram até chorar:

— Se cuida, Jay... Não esquece da gente...

A seguinte foi Wanzer:

— Eu tava precisando ouvir uma coisa antes de você ir.

— Hm... Só falo isso pra quem tem um nome como o seu.

— Haha... Bocó. Vai lá. *World is yours.*

---

37 Brett Anderson/ Bernard Butler, "The Wild Ones" © Kobalt Music Publishing Ltd., BMG Rights Management.

Antes de desligar, indagou se Jonathan não sacara o clima entre Cobain e Batgirl na noite anterior:

— Depois que você foi embora, Kleber evaporou... Foi fazer festa de rodeio na puta que o pariu...!

— Cara... Tava na cara, né?

❖

D. Wilza deliberadamente dessabia a praxe da viagem:

— Jonas, a tia vai dar um pulinho na ABBR...

Jonathan fechou a torneira do banho:

— Tá bom, tia...!

— A tia deixa o seu pãozinho tapadinho, tá? Por causa das moscas.

❖

Jonathan deslizou a mão no espelho embaçado do banheiro.

❖

Antes de se vestir, experimentou fechar a mala. O zíper entravou. Sentou sobre o equipamento. A cremalheira não se unia.

❖

A campainha da casa lembrava badalo bovino. Jonathan deduziu que d. Wilza esquecera as chaves e retornava para buscá-las — a porta do apartamento 703 tinha fechadura "só abre interna".

Enrolou a toalha na cintura e destravou a maçaneta, pronto a rir da situação, mas o que lhe veio à boca foi industriosamente diferente:

— Oi, mãe...

❖

O rapaz uniu os reposteiros da janela; pusera apenas uma calça jeans:

— D. Wilza pede pra deixar a cortina fechada pra não esquentar muito a casa. O sol bate bem de frente aqui, de manhã.

— Por sorte, encontrei Wilza aqui embaixo... Ela já tava saindo...

Jonathan foi até o fogão e cobriu com filme PVC uma tigela de frango à passarinho pré-cozido.

— Como Wilza tá gorda... — disse a mãe, do alpendre da cozinha, sem desprender-se de uma bolsa Tote estampada.

— Conheceu ela mais magra, por acaso?

— Já falei com ela por telefone, esqueceu?

Jonathan guardou o recipiente no forno:

— Mesmo assim ela te deixou subir, é?

— Tem Coca? — retorquiu a mulher.

— Serve diet?

— Hmpf... Prefiro água...

O rapaz retirou uma garrafa de Johnnie Walker da geladeira.

— Sempre achei bonito guardar água em garrafa de uísque — disse a mãe.

Jonathan não se lembrava de tê-la ouvido jamais mencionar esta particularidade.

— Duvido seu pai deixar um apartamento desse assim, pra nós... — disse ela, lançando uma vista d'olhos pelo recinto.

O rapaz golfou uma centelha ácida:

— Pede a Celso.

— Pensei que você não tinha conhecido Cels...

— Eu ouvi você comentar.

A mãe bebeu um gole d'água:

— Celso já era...

— Não posso demorar. Tenho que ir na Lan House — fez o filho.

A mulher baixou o copo:

— A gente ficou te esperando sábado... Você não apare...

Soou o telefone. Jonathan venceu o espaço que o separava do aparelho na sala:

— Alô?... — Era Batgirl. — E aí?... Haha... Wanzer ligou pra cá... Haha... Cara, Cobain, haha... Quando eu vi, o segurança já tinha se estabacado no chão...! Hahaha... Muito doido...

Enquanto falava, desviava espiadelas para a mãe, que tinha a bolsa a meio braço.

— Cara... Dava pra sacar, né? Como "Sacar o quê"? Hahaha... Sei, sei... Hahaha... Pobre Kleber... Hahaha...

Ao rebotar novamente a vista, a mãe havia desaparecido. Jonathan concluiu a conversa com a amiga:

— Putz, tenho umas paradas pra agilizar... Valeu mesmo... Tá, tá... Valeu, Baty... Assim eu vou chorar... Vou sim... Valeu... Beijo... Tchau!

Se abalou pelo apartamento como se um incêndio se alastrasse. Desgraçadamente, seu dormitório, nos fundos do corredor, estava aberto...

— Que fotografia é essa? — perguntou a mãe.

Apoiados à parede, os três irmãos emoldurados emergiam do papel dourado, parcialmente desmantelado.

Jonathan atirou o quadro boca abaixo sobre a mala abarrotada, descendo precariamente a tampa.

— De quando é essa foto? É de agora?

Jonathan aprumou-se:

— Tenho que ir na Lan House!

— Deixa eu ver essa foto.

— Pra quê?

A mulher obviou o filho, abriu a mala e ergueu o retrato esticando os braços:

— Eu nunca tinha visto essa foto! Seu irmão... Que blazer grandão! Olha Flávia, que boba...! Olha que chapelão! Parece uma atriz! Tão bonito o fundo...! Que foto é essa? Você não...

Jonathan antepôs-se brutalmente:

— Apareço! Apareço, sim, não tá vendo? Tá cega?!

A insolência do filho a aturdira:

— O quê?

— Não tá me vendo aí, não?! — disse Jonathan, inquisidoramente.

A mãe concluiu a frase que fora cortada pelo meio:

— Você não tinha uma camisa mais folgada...? Essa é muito justinha...

A respiração do rapaz podia ser ouvida a quilômetros de distância. Do lado de fora, uma Kombi rateava o motor.

— Que horas é seu voo? — fez ela, arriando a imagem.

— Era presente de aniversário.

A mãe tardou em dizer algo. Ergueu de novo a foto:

— Olha Flávia... Hahaha... É muito boba essa menina! Ela disse que quer que você traga um perfume pra ela. Channel! Vai lembrar? Channel, hein? Robson, tão apagado... Eu quero que Irã arranje uma quantia pra seu irmão começar um negócio. Tô botando pé firme. Quantos anos seu pai tinha de empresa? Vinte? Vinte e dois anos? É muito tempo... Com a demissão... Eu quero que ele veja o lado de Robson... Ao invés de gastar com essas lagartas! Ele quer te buscar no aeroporto na volta... Eu acho seu irmão muito pra baixo, desde a surr...

Jonathan calibrou a flecha:

— Às onze e meia da noite, esqueceu?

— Oi?

— O voo amanhã. Cansei de falar! Deixei recado!

O toque do telefone reinou novamente.

Foi arrebatado por P do outro lado da linha. Baixou a voz. P queria que ele esperasse no aeroporto Charles de Gaulle, mesmo que houvesse um pequeno atraso. Pediu desculpas pelo mau tempo em Paris.

— Nem um exército vai me fazer sair enquanto você não chegar... Um-hum... Vou, sim... Croissant...

Que mais sua mãe estaria bisbilhotando?

Descoseu-se de P valendo-se de um artifício inverídico:

— Tá uma loucura aqui... Um entra e sai de gente... Sabe como é que é... Haha... Pois é... Minha família tá toda aqui... Todinha... Belleville...? Tô doido pra conhecer... Te ligo... Me espera...

A mãe sentara na cama placidamente, com a fotografia no colo e a bolsa apoiada no quadril, como uma menininha obediente.

Pela primeira vez, Jonathan a enxergou não como mãe, mas como mulher; frágil, sozinha e perdida, como toda mulher no fundo sempre lhe parecera; quase como a desculpar-se por existir, como a pedir licença para estar ali; um bichinho, um negocinho ignaro do qual se precisa cuidar para que não se escangalhe, e alimentá-lo, e guardá-lo à noite no cercadinho, em aconchego, até o dia seguinte, quando voltará a ser só uma estrelinha no céu.

O rapaz não mencionou o embate com Crica.

— Tanta bagagem... Até parece que vai se mudar pra vida toda — disse ela.

Jonathan alargou a trama da mochila:

— Tem coisa que tem que ir, não tem jeito...

A mãe vistoriou um punhado de CDs a serem inseridos por último na equipagem:

— Raça Negra volume 5... Não sabia que você gostava...

Jonathan lhe tirou o disco das mãos. Um silêncio profundo os aproximou.

— Seu pai me chamou pra sair...

— Ah, sim...? E a senhora vai?

Ela fez sorrisinho a um só canto da boca:

— Tô pensando.

Jonathan guardou os CDs entre os demais petrechos. Sem cólera, sem uma gota de rancor, soube que chegara o momento de alforriá-la:

— Eu... Vou precisar sair, mãe... Melhor você ir embora...

Ela fez uma expressão dúbia, resistindo em mover afirmativamente a cabeça. Retirou uma carta da bolsa e a entregou ao filho...

A mulher depositou a foto, mal ajambrada no que restara da embalagem dourada, a seu lado no banco traseiro do táxi, esperando um último até logo do filho. Jonathan bracejou vagamente enquanto o veículo se afastava na Rua do Riachuelo.

❖

Subindo para o sétimo andar, abriu o envelope. Dentro, não havia nenhum bilhete, nenhum cartão... Apenas setecentos dólares...

III

O Fuzz apareceu no Galeão inesperadamente. "Que pena que voo internacional não parta do Santos Dumont", pensava Jonathan, mas sim do governamental, adunco e rombudo aeroporto situado na longínqua Ilha do Governador. Cobain e Batgirl não se largavam. SG lhe entregou um CD queimado com diversas bandas promissoras.

Wanzer ficou junto dele, aguardando a faturação. Damocles mareava o guichê de informações com uma consulta urgente: a rota para o Japão se realiza pelo Pacífico ou pelo Atlântico?

❖

Jonathan pousou a mala no capacho do apartamento 703, com a imensa mochila suspensa por uma só alça no ombro direito, esperando que d. Wilza se voltasse para ele:

— Tia, já vou...

A mulher, sentada no sofá, cantarolava o tema de abertura de um programa de TV, completamente absorta.

Jonathan compreendeu. Fechou a porta com cuidado. Chamou o elevador e enleou corretamente a mochila.

D. Wilza assomou no corredor do prédio, tilintando o chaveiro que o rapaz deixara no tabuleiro do telefone:

— As chaves! Não esquece as chaves, meu filho.

Jonathan se lhe acercou, beijando-a no rosto como se a partida não significasse mais que a ausência de uma tarde:

— Brigado, tia, quase que eu esqueço...

— Cuidado, meu amor, a tia te espera pra jantar?

— Não, tia... Eu como alguma coisa por aí...

— Tá bom, meu amorzinho... Até já...

❖

Se despediu do Fuzz brincado de impedir o fechamento de um dos portais automáticos. Os amigos zoaram até o último minuto.

— Depois fala se a cocaína, lá, é melhor que a daqui! — disse Damocles.

Jonathan felizmente não precisaria arcar com o peso da bagagem pelas próximas dez ou doze horas, pelo menos.

Não sentia tristeza. "Não tenho nada pra deixar aqui...", confessara certa vez a P.

❖

A funcionária da Air France triscou o cartão de embarque. Jonathan se virou momentaneamente para trás, espertado por uma mãe que repreendia o casal de filhos pequenos, reparando, a furto, transpondo o limiar da câmara de controle, abandonando o saguão comum, um rapaz que observava tudo a certa distância no átrio circular do aeroporto.

Não parecia portar nenhum tipo de equipagem e usava um boné preto, com a estampa de...

❖

Jonathan incorporou-se à fila em amplo ziguezague, guarnecida por cintas retráteis. Arregaçou as mangas do moletom laranja. Sentia calor. Só vestiria o grosso agasalho de nylon quando pisasse na Europa. Na dianteira, uma senhora oxigenada arrematava uma garrafa de água mineral.

Se sua mãe houvesse comprado euros em vez de dólares, teria menos trabalho do outro lado do oceano.

Jonathan... juraria que a estampa do boné visto à pouco era a de *The Mighty Ducks*...

— Não sobrou nem pum do euro! — caçoou um senhor de camisa Lacoste, para o grupo anexo.

Coincidência. Não passaria disso. Uma coincidência. Uma disforme coincidência que alguém comparecesse ao aeroporto no dia de sua partida com um boné como aquele. Guardou o cartão de embarque entre as páginas do passaporte, junto da segunda foto, que viera de brinde.

Passageiros depositavam utensílios na bandeja do raio-X.

"E se..."; Jonathan fez uma careta para eliminar a fagulha pululando em sua mente, a exemplo do que fazia para espantar a dor nos tempos do fenômeno. "E se fosse Sérvio Túlio?"...

A ideia lhe parecia absolutamente idiota.

A fila era lenta. Enfiou os fones do discman nos ouvidos e arrochou o volume até perfurar os tímpanos.

Don't take your life 'cause your bicycle won't fly
You could be going to heaven tonight
And I wouldn't give a shit if your bicycle's in bits
I think I'm going to heaven on it[38]

Instintivamente, subiu a gola do moletom até cobrir o nariz, aspirando fundo o bálsamo de Sérv... Não! Não, não, não, não!

---

38 Brett Anderson/ Bernard Butler, "To the Birds" © Kobalt Music Publishing Ltd., BMG Rights Management, Warner Chappell Music, Inc.

Olhou para o teto. Procurou acalmar-se. Sorriu para ninguém em volta. Rangeu os dentes. Posições à frente, havia um homem com pinta de político.

Uma dona não acertava introduzir um tubo de creme hidratante na nécessaire. O político riu alto.

E se fosse realmente Sérvio Túlio?

❖

So I'll sing to the birds here at my side
And I'll sing to the birds who will save my life[39]

❖

O aeroporto se condensou em um túmulo.

❖

— Dá licença? Dá licença? Desculpa. Dá licença? — dizia Jonathan, cruzando em linha reta o tortuoso circuito delimitado pelas correias, despregando-as das presilhas.

— Dá licença, desculpe. Dá licença!

Os viajantes estranhavam a sanha do rapaz, alguns resmungavam, outros imaginavam algo grave.

— Oi, desculpa, eu esqueci uma coisa! Por favor, preciso ver se consigo... — disse Jonathan às funcionárias do vestíbulo.

— Que horas é seu voo? — disse uma delas.

Jonathan entregou-lhe o cartão de embarque.

— O portão fecha onze e dez, hein? — fez a outra, abrindo-lhe passagem.

---

39 Brett Anderson/ Bernard Butler, "To the Birds" © Kobalt Music Publishing Ltd., BMG Rights Management, Warner Chappell Music, Inc.

O jovem agradeceu, esbaforido. No saguão, fez uma volta completa em torno de si. Correu até o fim do corredor em obras. Por que tantas pessoas no Brasil usavam boné?

Conferiu as escadas rolantes, o interior das lojas de conveniência.

Enveredou pelo lado oposto. Passou pelo check-in de diversas companhias aéreas. Olhava de supetão para a retaguarda, como se, com esse gesto, fosse fazer brotar a quem buscava por passe de mágica.

Teve um medo atroz de descer por um lado e Sérvio Túlio subir por outro. Mesmo assim, se enfurnou no elevador de carga...

❖

Excursionistas esperavam no nível zero para empurrar carrinhos entupidos de malas elevador adentro. Jonathan resfolegava, desconforme com tanta torpeza. Saltou por sobre o entulho que o imprensava e saiu a galope. Passou pela Polícia Federal, por filhos que reencontravam os pais, maridos, as esposas, e outras tantas pessoas agrupadas à espera de alguém.

❖

Só pôde invadir o último piso depois de outra parada forçada no nível intermediário — uma leva de turistas rumava ao check-in. Conferiu o relógio: 22h31. Passou em frente à capela mas não se benzeu. Esquadrinhava cada reentrância. Imaginava a Sérvio Túlio sendo avisado por Luciene de sua mudança para Paris, desmanchando-se por vê-lo antes da partida. Se assim fosse, tudo teria valido a pena. Cada ingerência sua na engrenagem. Guardaria ainda Sérvio Túlio o agasalho Adidas? Guardaria! Com certeza! Guardaria sim!

❖

Era impreterível que se desculpasse com Sérvio Túlio. Sabia que tudo ocorreu como ocorreu porque deixara Sérvio Túlio à própria sorte. Como pôde falhar assim, no momento em que Sérvio Túlio mais precisava dele? Não voltaria a acontecer! Prometeria!

❖

Talvez não dissesse nada. Talvez nem um nem outro dissesse nada. Talvez simplesmente se atirassem nos braços um do outro sem déficit de palavras.

❖

"Me perdoa por te deixar sozinho todo esse tempo, Sérvio Túlio... Perdoa? Agora acabou... Eu já estou aqui contigo, não vou mais subir em nenhum avião, nunca mais, a menos que você queira, tá?", diria, depois de muito tempo, sem nenhum véu de ficar e se empanturrar da sobeja feminilidade de sua irmã, nem do balaio de crimes que Robson iria perpetrar...

❖

Insinuou-se por entre os fast-foods e self-services. Aproximou-se da Bee, que antecedia o renque de caixas bancários. Tudo calmo.

22h42. Voltou correndo. Preferiu não tomar o elevador desta vez. Sua saliva era uma pasta ressequida, intragável.

22h43. No hall comum, olhava instintivamente à direita e esquerda, quando finalmente avistou, atrás de um lote de japoneses ataviados de câmeras fotográficas, a uns oitenta metros de distância, o boné de *The Mighty Ducks*.

Jonathan quase desequilibrou-se. Empinou o corpo para suplantar as pessoas que lhe encobriam o horizonte, compensando a circunferência do saguão. O tipo, a altura, o porte... até o cabelo! Não havia dúvidas. Era ele! Era Sérvio Túlio!

❖

Jonathan não corria, planava! Esbarrou numa senhora, em muitas senhoras, tocou o rapaz violentamente e girou-o para si.

❖

— Que porra é essa?! Qual é?!

Jonathan deu marcha à ré, horrorizado. Jamais vira aquele sujeito e, agora que o encarava de perto, não poderia ser mais diferente de Sérvio Túlio: os dentes trepados, rosto redondo, olhos amendoados, nariz pequeno... O boné, um vulgar Nike.

— Desculpa... Pensei que fosse um amigo meu, desculpa, desculpa mesmo...

— Pegadinha, essa porra?!

Jonathan retrocedia:

— Eu pensei que fosse um cara que eu conheço, desculpa mesmo...

Permaneceu apático, enquanto o outro se alijava, cismado de que Jonathan não o seguisse, desaparecendo na curva do saguão.

23h04.

❖

De mente vazia, Jonathan concedeu novamente o cartão e o passaporte à funcionária da Air France no acesso ao controle, que advertiu:

— Tá em cima da hora! Corre!

Impressão e Acabamento:

Fones: (11) 3951-5240 | 3951-5188
E-mail: atendimento@expressaoearte.com
www.graficaexpressaoearte.com.br